U0949136

在输得起的青春，遇见美好的自己

程应峰◎著

辽宁人民出版社

图书在版编目（CIP）数据

在输得起的青春，遇见美好的自己 / 程应峰著 . —沈阳：辽宁人民出版社，2016.10
ISBN 978-7-205-08726-5

Ⅰ . ①在… Ⅱ . ①程… Ⅲ . ①随笔—作品集—中国—当代 Ⅳ . ① I267.1

中国版本图书馆 CIP 数据核字（2016）第 225062 号

出版发行：辽宁人民出版社
地址：沈阳市和平区十一纬路 25 号　邮编：110003
http://www.lnpph.com.cn
印　　刷：北京嘉业印刷厂
幅面尺寸：145mm × 210mm
印　　张：8.5
字　　数：189 千字
出版时间：2016 年 10 月第 1 版
印刷时间：2016 年 10 月第 1 次印刷
责任编辑：蔡　伟
装帧设计：回归线视觉传达
责任校对：吴艳杰
书　　号：ISBN 978-7-205-08726-5

定　　价：33.80 元

序　活成一支小夜曲

不是所有的文字都山高水长，深远厚重，气势恢宏；不是所有的人生都似金戈铁马，大江东去，万丈豪情；不是所有的生活须关西大汉执铜琵琶、铁绰板，方能演绎。其实，凡俗的生活，很多时候，只合十八女郎，执红牙板，歌“杨柳岸，晚风残月”，这种鲜活柔曼的小资情调，如叫人辗转反侧的宋词小令，如轻音乐，如小夜曲，暖心润肺，优美抒情。

以小夜曲闻名于世的莫扎特、舒伯特、古诺、海顿等，将人生活成了小夜曲的模本。莫扎特歌剧《唐璜》里的小夜曲，是歌者在少女窗前弹着曼陀林歌唱的典型的小夜曲，缠绵婉转，悠扬悦耳。舒伯特的《听，听，云雀》，是一首晨光初现时吟唱的小夜曲，曲调清新，旋律轻盈，伴以拨弦乐器的声音，创造出优美恬静的意境。古诺为雨果诗作谱写的小夜曲，流传不衰，具有摇篮曲风味，丝丝缕缕，如青烟在晚风中飘荡。海顿的《F大调弦乐四重奏》第二乐章《如歌的行板》，是一首典型的器乐小夜曲，将抒情、奏鸣、交响、协奏融于一体，美不胜收。

把或长或短的人生，活成小夜曲的，除了音乐家，更多的是诗人。多感的诗人常常以美丽的生活体验，弹拨生命中的小夜曲。那份美丽的体验，恰似一朵又一朵安详的花，泊于午夜中央，轻声歌唱。很多时候，生活的谜底一旦被揭开，就会简单得像一张在生活之火中，缓缓地燃为灰烬的白纸；就算再复杂一点儿，也不过像爱情，纵然千回百折，最后还是要流入暖暖的温床。

戴望舒的《雨巷》，分明就是一支哀婉迷离的小夜曲：“撑着油纸伞，独自彷徨在悠长、悠长又寂寥的雨巷，我希望逢着一个，丁香一样地结着愁怨的姑娘。她是有丁香一样的颜色，丁香一样的芬芳，丁香一样的忧愁，在雨中哀怨，哀怨又彷徨……”这首诗，反映了当时许多失去理想、火把和方向的年轻人的彷徨心态。它以意识流动的笔法、简约独特的意象，塑造了一位“结着愁怨”的、丁香一样的姑娘，这个朦胧而迷离、让人们拥有纷繁解读的形象，正是戴望舒追求美好人生而不得的写照。命运多舛，在人生曲折中行走的戴望舒，用自己孤独的灵魂，敏感的心灵，不倦的思索，温暖了无数迷茫的人，也温暖了那个寒气袭人的时代，留下了朦胧含蓄的心灵震荡。

郭沫若的《静夜》，是一支令人回味无穷的小夜曲：“月光淡淡，笼罩着村外的松林。白云团团，漏出了几点疏星。天河何处？远远的海雾模糊。怕会有鲛人在岸，对月流珠？”20世纪20年代，诗人形单影只地站在海边，对月吟哦，字里行间充溢着失望，也流露出对祖国、家乡和亲人的思念之情。通过对月光、松林、白云、疏星的描写，展现出一幅幽美的“月夜晚景图”，把读者带入一个超越现实的梦幻世界，由地上到天上，由现实到鲛人传说，诗人面对苍茫宇宙，敞开胸怀，诉说郁积已久的忧愁。那淡淡的忧伤，一如漏出的疏星，朦胧的月色，令人陶醉和回味。

徐志摩的《再别康桥》，则是轻盈柔美的小夜曲绝唱：“轻轻的我走了，正如我轻轻的来；我轻轻的招手，作别西天的云彩。那河畔的金柳，是夕阳中的新娘；波光里的艳影，在我的心头荡漾……”这首诗，将自己对生活的体验化作缕缕情思，融汇在所抒写的康桥美景里，宛如一曲优雅动听的轻音乐，形象鲜明、意境深刻、音韵生动，以真心写真情，淋漓尽致地凸显出诗性之美。灵性的夕阳、金柳、柔波、青荇、清潭、虹影、木船、星辉、新娘等，虚虚实实，巧妙地演变成一幅幅优美绝伦的图景。诗行之中，音乐美、绘画美和建筑美，和着诗人的情感节拍起起落落，交融出天衣无缝的氛围，营造出荡气回肠的意境。

生而为人，各有各的活法；心灵文字，各有各的写法。有人粗犷豪放，宜于慷慨悲歌，字里行间引经据典，铺陈万千气象，读来余味无穷；有人禀赋天成，精于自然婉约，清和明畅，意致绵密，可直入内心，“状难状之景，达难达之情”，他们就这样随心随性地活着写着，一不经意，就将自己活成了精致缠绵，叫人流连回味的小夜曲。

第一辑 置身文字的光芒，关一扇门，开一扇窗

目录 CONTENTS

目录 CONTENTS

目 录 CONTENTS

第二辑

拿起画笔和雕刀，让美丽停留，让灵魂歌唱

目录　CONTENTS

目录 CONTENTS

第四辑

成功的花，开在穿越苦难之时

目录 CONTENTS

第五辑 让生命之花绚烂在寂寞、缺憾的夜

第一辑

置身文字的光芒，关一扇门，开一扇窗

每天每夜，热情在我的身体内燃烧，好像一根鞭子在抽我的心，

眼前是无数惨痛的图画，大多数人的受苦和我自己的受苦，

它们使我的手颤动。我不停地写着……忘了自己，忘了周围的一切。

——巴金

杨绛：关门与开窗

读杨绛短文《一百岁感言》，爱不释手。她说：“上苍不会让所有幸福集中到某个人身上，得到爱情未必拥有金钱；拥有金钱未必得到快乐；得到快乐未必拥有健康；拥有健康未必一切都会如愿以偿。保持知足常乐的心态才是淬炼心智，净化心灵的最佳途径。人生最曼妙的风景，是内心的淡定与从容。”

置身于人生边缘，杨绛先生短短的几句话，道破了得与失的生命玄机。

关门，开窗，在日常生活中，这是再熟悉不过的动作。但是，这些熟悉动作里蕴藏的玄机，不是每个人都悟得出来的。人生的得失，事业也好，爱情也罢，其实就寓于这些日常的简单的动作之中。关门与开窗，左右着生活的进退，左右着心中的希望，左右着世事的轮回。没有人能预期生命世界每天会发生什么，事物背后到底隐藏着什么。人生很多时候，必须走过从门到窗的距离，这样一段距离，也许超乎想象的艰难，但只要走过去了，你就可以见到蓝天白云下潮落潮起的生机。

杨绛是个自由思想者，一生却惯于忍让，她关上了还击之门，却打开了另一扇窗户，那就是内心的自由和平静。她曾说：“你骂我，我一笑置之。你打我，我决不还手。若你拿了刀子要杀我，我会说：‘你我有什么深仇大恨，要为我当杀人犯呢？我哪里碍了你的道儿呢？’所以含忍是保护自己的盔甲，抵御侵犯的盾牌。我穿了‘隐身衣’，别人看不见我，我却看得见别人，我甘心当个‘零’，人家不把我当个东西，我正好可以把看不起我的人看个透。这样，我就可以追求自由，张扬个性。所以我说，含忍和自由是辩证的统一。含忍是为了自由，要求自由得要学会含忍。”

人生在世，无非是认识自己，洗练自己。一个人，能否得到快乐，能否取得成功，关键在于知道什么是自己想要的，知道什么是不可逆转的，知道以什么方式实现梦想，知道以什么心情面对苦难。关门开窗之间，窗外风云变幻，窗内四季分明，禅坐的心境，依然清新美丽。

树上的叶子，叶叶不同。花开花落，草木枯荣，日日不同。尘世之间，幸福和完美都是相对的，身前身后，总少不了无法逃离的痛苦和残缺。做人如此，为文何尝不是如此？有生之年，拼搏挣扎，总期盼得到他人的认可，只有到了生命的尽头，才知道心灵文字构架的世界，永远属于自己，与世俗功利毫无关系。

张爱玲：苍凉的蝴蝶

体态瘦小的张爱玲离开这个喧嚣的世界时，躺在自己房间里一张相当精美的地毯上，如一只静静地歇息着的再也不会醒来的蝴蝶，美丽而苍凉。

是的，她是一只美丽苍凉的蝴蝶，不曾在她的文字里显露出她的追问和挣扎，但她却能以她迷人的文字片段，将读者的心“凿成一眼枯井，让他们眼里慢慢地浮起一颗冰凉的泪珠”。她有心无心地告诉你，这个世界上总有一个人在等着你，时间的荒原里，你总会在一个恰当的时候遇见你要遇见的人。她的苍凉让回忆有了气味，如樟脑的香，甜而稳妥；她的苍凉又如指缝间的流光，更改着一个人对世事的感觉。

拙于世故人情的张爱玲，一方面倾心于“死生契阔，与子相悦，执子之手，与子偕老”；另一方面对男女之情又看得太过透彻。在她看来，男人憧憬着一个女人身体的时候，就会从容自如地说爱上了她的灵魂。唯有占领了她的身体之后，他才能够忘记她的灵魂。她甚至洞悉到每一个男子至少有过这样的两个女人，娶了红玫瑰，久而久之，红的变了墙上的一抹蚊子血，白的还是“床前明月光”；娶了白玫瑰，白的便是衣服上的一粒饭粘子，红的却是心口上的一颗朱砂痣。作为一个女人，那么清楚明白地审视着世间的男女，该是怎样的一份苍凉？

她曾说：“相片这东西不过是生命的碎壳、纷纷的岁月已过去，瓜子仁一粒粒咽下去，滋味各人自己知道，留给大家看的唯有那满地狼藉的黑白瓜子壳。”说归说，同所有的女子一样，张爱玲在骨子里是爱美的，是留恋青春的。当她在老迈之年翻出年轻时的照片一张一张地看下去时，她默无声息地微笑着、微笑着，苍凉的泪滴便不知不觉地滴到了稿纸上。她知道，她再也无力振翅高飞了，属于她的不多的日子注定是“满目荒凉”。

正如《倾城之恋》里她写到的一样：“在这不可理喻的世界里，谁知道什么是因？什么是果？谁知道呢，也许就因为要成全她，一个大都市倾覆了。成千上万的人死去，成千上万的人痛苦着，跟着是惊天动地的大改革……流苏并不觉得她在世界上的地位有什么微妙之处。传奇里倾国倾城的人大抵如此。”事实上，张爱玲的命运与白流苏一样，上海的陷落成就了她。兵荒马乱的天地之间，这个年轻的女子如一只振翅的蝴蝶，在茫茫世间找到的恰恰是遍布的苍凉。

“每一只蝴蝶都是花的魂，寻找着它的前身。”我不知道，倾尽一生心力，在文字的芬芳里寻寻觅觅的才女张爱玲，在她去了的时候，可否飞出了她感觉中无涯的苍凉？

季羡林：甜美而苦涩的爱情

国学大师季羡林是可以从石头里敲出金子的人，他将民间大实话锻造成文学语言的功夫，颇像独具慧眼的老石匠。在一篇回忆文章中，季羡林谈到人中败类时，拿动物作了比较：“现在人们有时候骂人为‘畜生’，我觉得这是对畜生的污蔑。畜生吃人，因为它饿。它不会说谎，不会耍刁，决不会先讲上一篇必须吃人的大道理，旁征博引，洋洋洒洒，然后才张嘴吃人。”这看似大实话的文字，细细品味，不能不让人拍案叫绝。

他并没有因为自己的造诣和名气而高傲。相反，他性格平和、宽厚、朴实。总爱穿着一身洗旧了的卡其布中山装，据说常被上北大报到的新生误以为是老校工，让他代为照看行李。他表面上严肃得有点儿让人敬畏，内心却燃烧着热情的火焰，有着真诚丰富的感情，甚至常为一些小猫小狗小花小草之事忧愁。

他为人真诚，喜欢质朴、淳厚、诚恳、平易之人。他认为这样的人“真”字当头，骨头硬，心肠软；怀真情，讲真话；不阿谀奉承，不背后议论；不人前一套，人后一面；无哗众取宠之意，有实事求是之心；不是丝毫不考虑个人利益，而是多为别人考虑；最高水准就像孟子说的“富贵不能淫，贫贱不能移，威武不能屈”。

他对事真，对物真，对情真。在《留德十年》这部回忆录中，真诚地披露了自己30岁时一段鲜为人知的情事：因为需要将论文打出清样的原因，他和德国姑娘伊姆加德有过一段时间的接触，两人彼此倾慕，双双坠入爱河。然而一想到自己是有妻子儿女的人，他内心深处便充满了矛盾与痛苦。他知道，如果敞开胸怀，让爱情的激流涌泻出来，和伊姆加德结合，自己未来的生活或许是幸福美满的。但这样一来就意味着对妻子儿女的背叛，意味着把自己的亲人推向痛苦的深渊。尽管置身于没有爱情的包办婚姻中，他最后还是决定，为了不伤害或少伤害别人，还是由自己来咽下这颗苦果。他想，伊姆加德还年轻，她以后还会碰到意中人，还会有一个幸福的家庭，她会慢慢地忘记自己的。季羡林虽然做出了这样的决定，但这段甜美而苦涩的爱情经历却融合在他一生的情感之中。

他披露这段情是因为这件事在他心中憋得太久了，他无法抑制住胸膛里跳动的真诚之心。但如此真诚的季先生，终究还是伤了另一个人的心。据说伊姆加德终身未嫁，在孤独中度过一生，只有那台可以见证她和季先生爱情的老式打字机被擦得一尘不染地，摆放在伊姆加德卧室中最显眼的位置，默默地和她相守相伴。

沈从文：生命中的微笑

很少有人不熟悉列奥纳多·达·芬奇的油画杰作《蒙娜丽莎》，蒙娜丽莎的脸蛋儿并不俊俏，穿着也不时髦。画中的她上身直挺，双手轻松地搁在胸前，一对明眸凝视着观众，她的表情有点叫人不可思议。透过那双略带忧郁的眼睛，你很难猜测她在想什么。她脸上挂着一丝神秘的微笑，是开心还是愁苦？谁也说不准。据说有机会走一趟法国罗浮宫的人，为商者，在她的身上看到了商机；是作家、艺术家的，在她身上获得了灵感。她凝视着我们，更甚于我们凝视着她；与其说我们在关注她，不如是说她在关注着我们。

这是一幅将生活凝固在画中的微笑，一种百思不得其解的永恒而神秘的微笑。

每当看到这幅名画，或是埋首书案间解读大师们的文学艺术作品，总会不由自主想起沈从文，沈从文也曾年轻过，年轻的沈从文也曾对蒙娜丽莎的微笑有过深切的眷恋。从这位文学大家存留的照片看，不管在那个生命阶段，他的脸上总是挂着笑的，那是有别于蒙娜丽莎的另一种微笑。他的微笑是他生平最为欣赏、最为自负的那种“妩媚的微笑”。不管从哪一种角度看，他的微笑里始终含有一种让人心动的东西。

若说鲁迅、张爱玲是梦醒了的作家，那么，“掌握住了文字”的作家沈从文，可以说始终是个有梦的作家，他的梦是干净的、透明的。他小说中描写的，是自然和人情，美丽和虚幻，你可以如痴如醉，从中得到启悟；你可以流连忘返，从中得到慰藉。当一个人走投无路的时候，他告诉你可以转过身来，转过身来还可以微笑，还可以品读到别样精彩，另一个世界。可谁又能料到，一个天才的，一个写出了无数篇令人沉醉作品的作家，在历史的变迁中，也只能心有不甘地搁下手中的梦笔。好在他生来就是乐观的，即使在百般无奈的境况中，依然能够微笑着说自己很愉快。他的微笑中，有一份忧郁，更多的是自得。他的笑自始至终是不经雕饰的天籁般的微笑。

沈从文为人豁达，处事从容，一生不在乎拥有什么高屋华堂，只在乎百年千年后曲巷是否仍有他的一座旧居；不在乎动用过多少文房四宝，只在乎红尘之中是否仍有他的文字飘香。他说，一切人一切事都会在时间下被改变，我对生活上的得失不大关心，却了然时间对这个世界同我个人的长远意义。

由此看来，从历史风尘中透露出的沈从文的微笑，是一种唯愿地久天长的诠释，是一份本真自然的流露，更何况这种天籁般的微笑，在他的文字里随处可以窥视，随处可以触摸。

胡适:“惧内”是一种修养

1931 年春天，胡适应梁实秋之邀到青岛大学演讲。他就地取材，以“山东在中国文化里的地位”为题，对齐鲁文化的变迁，儒道思想的递演，讲得头头是道，妙趣横生，听众津津有味地享受了一次精神大餐，无不欢喜。当晚设宴，八位号称“酒中八仙”的青大教授，将 30 斤花雕喝到酒坛见底。因酒量不大有些怯酒的胡适，即刻从口袋里摸出一枚刻有“戒酒”二字的金戒指让大家传观，戒指是胡太太送给他的。如此豪饮的场合，胡适以一枚戒指让朋友们明白了他的处境。

江冬秀随胡适居北京后，唐德刚曾戏言:“胡适大名重宇宙，小脚太太亦随之。”江冬秀爱热闹，虽身在北京，但每逢佳节，都要找些朋友聚会，吃些家乡徽州菜。妻子做的腊八粥，胡适爱吃不过。有一次，胡适打赌输了，为吃上妻子做的腊八粥，他对老友程仰之笑着说:“太太年轻时是活菩萨，怎好不怕！中年时是九子魔母，怎能不怕！老了是母夜叉，怎敢不怕！”

胡适怯酒，但读书做学问之余，嗜烟好茶。留美期间，他一度将烟戒掉，但茶不能不喝，书不能不读。为节省开支，他多次让妻子江冬秀寄茶叶到美国，并嘱咐江冬秀不要买太贵的茶叶，只要是上等可吃的茶叶就行。还让江冬秀将北平的部分图书运到美国。那时，两个孩子在美求学，加上江冬秀在国内开支颇大，胡适甚感经济紧张，只好一边卖文章，一边卖演讲。有一回，胡适病了，识字不多的江冬秀写信问候他。胡适为此写了一首诗："病中得他书，不满八行纸；全无要紧话，颇使我欢喜。"这"欢喜"二字，缘于爱还是缘于怕，难究其详，却颇有一些调侃的味道。那些日子里，胡适自美国给妻子买过一些便宜、实用的物件，比如西洋参和袜子等。为减免汇寄费，他总是想法请人捎带。同时，他通过书信多方"暗示"妻子，要尽量减少家用，要一切从简。

胡适作为一代学术领袖，经常有崇拜他的知识女性登门拜访。江氏为此萌生醋意，想方设法整治"负心汉"。这样一来，胡适怕老婆的传闻不胫而走，传为笑谈。与此同时，胡适在家中的地位也急转直下，有一张全家福照片很说明问题，江冬秀端坐于太师椅上，颇有"一家之主"的风范，而胡适和儿子则规规矩矩垂手站在两边，胡适的目光中还透出几分惶恐，让人忍俊不禁。为此，诗人徐志摩说，胡适于江氏之外，不敢造次，是因"为恐东厢泼醋瓶"。

在《中国"二十世纪"文艺复兴》一文中，胡适先生阐述过传统中国文化产生过众多以怕老婆为主题的故事和小说的观点。许多人便以此为切入点，大做文章，认为胡适先生终身惧内。有人问他的儿子胡祖望是不是这样。胡祖望笑答道：“请问哪一个洋洋得意地向全世界宣扬传统中国文化是一个怕老婆文化的人，会真正怕老婆呢？事实上，那些真怕老婆的人，极力隐藏还来不及呢！”由此观之，胡适惧内，是谦和也是忍让，隐约有些名不副实的意味。

巴金：活在文字的光芒里

2005 年 10 月 17 日，跨越一个世纪之久的“现代文学之父”巴金，安详地合上了眼睛，但他没有离开我们，他活在文字的光芒里，活在我们的记忆中。他不仅给我们留下底蕴深厚的文学富矿——《灭亡》《激流三部曲》《爱情三部曲》《寒夜》《随想录》等文学作品，还留下了他全部的感情和爱憎。

巴金一直以为，自己是个不善讲话的人，唯其不善于讲话，有思想表达不出，有感情无法倾吐，才不得不求助于纸笔，让心上燃烧的火喷出来，于是写了小说。他出生在官僚地主大家庭里，童年时代在富裕的环境里度过，接触了听差、轿夫们的悲惨生活，在伪善、自私的长辈们的压力下，听到年轻生命的痛苦呻吟。缘于这一点，他一直想找寻一条救人、救世，也救自己的路。23 岁，就从上海跑到了巴黎。在巴黎，他同样看到了“压迫和不平等”，特别是读了援救意大利工人运动，却被关在死囚牢中的“犯人”樊宰底（B.Vanzetti）“自传”中“我希望每个家庭都有住宅，每个人口都有面包，每个心灵都受到教育，每个人的智慧都有机会发展”这样的文字后，所有过去和现有的爱和恨，悲哀和欢乐，受苦和同情，希望和挣扎，一并涌到笔端，化作一行行字留在纸上。就这样，在痛苦和寂寞中，他怀着“燃烧的火”完成了小说处女作《灭亡》。

这以后，他一边以卢梭、雨果、左拉、罗曼·罗兰等名家为师，研读他们的作品，一边不间断地创作。因为有着厚实的生活积累，他的作品一部接一部问世。他这样描述自己——“每天每夜，热情在我的身体内燃烧，好像一根鞭子在抽我的心，眼前是无数惨痛的图画，大多数人的受苦和我自己的受苦，它们使我的手颤动。我不停地写着。……忘了自己，忘了周围的一切。我变成了一架写作的机器。我时而蹲在椅子上，时而把头俯在方桌上，或者又站起来走到沙发前面坐下激动地写字。我就这样地写完我的长篇小说《家》和其他的中篇小说。”

因为他害怕交际，不善讲话，不愿同外人接洽，编辑索稿总是找他的朋友。常常是他熬夜将稿件写好后，放在书桌上，朋友第二天上班替他把稿子带去。在抗日战争时期，他不得不四处奔波，写作方式也随之发生了变化：常常是在皮包里放一锭墨，一支小字笔和一大沓信笺，到了一个地方借一个小碟子，倒点水把墨在碟子上磨几下，便坐下来写，走一程写一段。恰似俄罗斯作家果戈理，在小旅店里写作《死魂灵》的情景。

巴金是个醉心文字的人，更是个感情深重的人。“弱水三千，只取一瓢饮”在巴金身上得到了诠释和印证。1936 年，32 岁的巴金收到时年 18 岁的萧珊写来的信件，萧珊是巴金作品忠实的读者，因为长时间感受他笔下的文字，所以她在信中毫无顾忌、直截了当地表达了对他的倾慕。八年恋爱之后，萧珊成为巴金生命中唯一的爱侣，在长达 28 年共同的生活里相亲相爱。“文革”期间，萧珊为了保护丈夫，受尽了皮肉之苦。她总是对他说：“不要难过，我不会离开你，我在你身边。”1972 年，萧珊去世，她的骨灰一直放在巴金的卧室里。在《回忆萧珊》这篇文章中，巴金多次提到萧珊的眼睛“很大，很美，很亮”。他写道：“我望着，望着，好像在望快要燃尽的烛火。我多么想让这对眼睛永远亮下去。”每次有人来访，看到骨灰盒，巴金就会说：“她是我的生命的一部分，她的骨灰里有我的泪和血。”“这并不是萧珊最后的归宿，在我死了以后，将我俩的骨灰和在一起，那才是她的归宿。”

巴金一生为读者而写，为文字而活。他曾说：“我只想把自己的全部感情、全部爱憎消耗干净，然后问心无愧地离开人世，这对我是莫大的幸福。”作为一代文学巨匠，他正是这样拼却一生，置身于文字的光芒里，如花绽放，无悔无怨。巴金的人生始终被热情和痛苦煎熬着，有人评说他是一个在云与火的景象下，走着的一个真实的人。他的莫逆之交冰心先生曾说：“他在痛苦时才是快乐的。”为纪念巴老，中国作协副主席黄亚洲这样写道：“您陨落的时候 / 家

没有陨落 / 春与秋，也没有陨落 / 您把它们留在了这个世界上 / 让季节拥有居所 / 让心灵拥有岁月 / 您陨落了，光芒四射 / 文学的山谷 / 同时溅起太阳和月亮 / 也溅起无数星星 / 一齐眨动眼睛 / 思考您留下的这个 / 尚未开垦完毕的世界。”

鲁迅：以笔为剑

1902 年，梁启超发表《论小说与群治之关系》的文章，指出小说对于社会改革有着不可思议的推动力量。鲁迅读了这篇文章，很受启发，开始认真思考如何改造中国国民身上存在的弱点。这期间，他翻译了一些表现人民悲惨生活和反抗精神的外国小说及一些自然科学方面的文章。

鲁迅东渡日本求学，毅然选择了医学有两个原因：一是因为他父亲去世是庸医延误所致，让他一想起来便痛入心扉；二是他从日本的历史书中得知，西方医学在日本传播，对日本明治维新的思想启蒙运动起了极大的推动作用。他选择医学旨在实现“实业救国”的愿望。然而，鲁迅在银幕上看到一个替俄国人做侦探的中国人，被日军绑着杀头示众，刑场周围站着许多中国人看热闹，他们一个个虽然身强体壮，但对自己的同胞被杀害，却无动于衷，表现得十分麻木。这件事对鲁迅刺激很大，便一改学医初衷，决定弃医从文。

鲁迅弃医从文，抱着改变国民精神这一初衷，以一支勤奋的笔，写出了大量的小说、诗歌、杂文。但他实际上并没认为一篇文章一定要有救世疗疾的功能。首先写文章是一个很苦的行当，即使像鲁迅这样的天才，也不能文思泉涌，摇笔即来，他自己说“我的文章不是涌出来的，是挤出来的”。

鲁迅虽然深知文章的实际作用，但他始终没有丢弃“弃医从文”的初衷。无论是对手的恐吓、朋友的误解、战友的被害还是残酷的病魔都不能使他斗志稍减。在《热风》集中，他写过这样一段话：“愿中国青年能做事的做事，能发声的发声。有一分热，发一分光，就令萤火一般，也可以在黑暗里发一点光，不必等候炬火。”

因为心中装着炬火，他和他的追随者之一许广平走到一起的日子里，即使是最为炽热的私人通信，也没有花呀月呀的辞藻，没有悱恻与缠绵，有的只是对社会人生问题的探讨。就像许广平说的一样：“没有灿烂的花，没有热恋的情，我们心换着心，为人类工作，携手偕行。”他在临终的前一天，依然握笔在手，没有停止对人类命运的思考。

就是与鲁迅口诛笔伐过的林语堂先生，在《鲁迅之死》一文中，都这样评价鲁迅：“鲁迅与其称为文人，不如号为战士。……一如德国诗人海涅语：我死时，棺中放一剑，勿放笔。是足以语鲁迅。”

张恨水：一份化不开的情结

张恨水之所以成为妇孺皆知的通俗小说大家，是因为他“每天写出三千到四千字，达三十年之久”(老舍《一点点认识》)。他是那么坚忍执着又心甘情愿地接受着文字的煎熬。他曾说，我是一个推磨的驴子，每日总得工作，除了生病和旅行，我不工作就比没有饭吃还难受。

张恨水所处的时代没有网络，他却取了个令人浮想联翩的、网名一般的笔名——愁花恨水生。为简单起见，后来更名为“恨水”。关于“恨水”之名，有传言说张恨水暗恋某女士，因为始终得不到青睐，失恋失意之余，愤而假借《红楼梦》中贾宝玉的话：女人是水做的，引申而成“恨水”。事实上，张恨水的婚恋浪漫而美满，他的妻子周南小他近 20 岁，原是北平春明女子中学的学生。周南读了张恨水的长篇小说《啼笑因缘》后，觉得自己的身世和书中的沈凤喜十分相似，很受感动。所以对《啼笑因缘》一书爱不释手，弄得与书中人物感情交融，悲戚欢喜，如醉如痴，不能自已，继而对作者产生了爱慕之情。后来经人介绍，双方情投意合，于 1929 年结秦晋之好。当时张恨水 35 岁，周南 16 岁。两人婚后情深意笃，十分恩爱。

张恨水取“恨水”两字为笔名，实是借用了“自是人生长恨，水长东”（南唐后主李煜《乌夜啼》句）之本意，为的是时刻勉励、提醒自己要珍惜时间，不要让大好时光像流水一样消逝。可以想象，如果是在今天，可以敲着键盘写作，章回小说大家张恨水一天不知该铺排出多少美妙动人的文字。茅盾先生曾说：“运用‘章回体’而能善为扬弃，使‘章回体’延续了新生命的，首推张恨水先生。”

其实，不仅是他的章回小说延续了新生命，他的散文华章也处处营造出清新隽永，让人难以释怀的氛围，在紧凑的人生中透出散淡从容的情怀。清朗的晚上，他常携带爱侣在北海公园徜徉，拣一个游人很少的去处，坐下来，就着两盏苦茗，欣赏眼前景色。座前是荷叶，碰巧就有两朵盛开的荷花，还有一丛水苇子直伸到脚下……月亮像一柄银梳，落在对面水上。银河有点淡淡的影子，繁星散在两岸。……匆匆上了游船，月落了，银河亮了，星光照着荷花世界，人在宁静幽远微香的境界里，飘过水面，一路都听到竹篙碰着荷叶声。“这境界我们享受过了，如何留给我们的子孙呢？”（《面水看银河》）每当人事烦扰的时候，张恨水常常独自一人跑去陶然亭，陶然亭不是一个亭子，而是一座立在高土坡上的庙宇，那里没有人家，只有一片旷野，一片苇塘，是有天然风景的去处。他总可以在芦苇丛中，找一个野水浅塘，徘徊一小时，若遇到一棵半落黄叶的柳树，便手攀枯条，看水里的青天。在他的感觉之中，“这里没有一切市声，虽无长处，洗涤繁华场中的烦恼，却是可能的。”（《乱苇隐寒塘》）

张恨水为人像水一样平静，名为“恨水”，实则爱水，他和水之间有一份化不开的情结。虽然在他的许多有关水的文字之中，隐隐透出些许忧虑。但品味之余，你会发现，不管是一泓湖水，还是一方寒塘，大凡是水，在他的笔下，都是有情可解、有意可会的。正是这些可以给人生以抚慰的平静之水，让我们感到，在俗世繁华之外，尚有水一样平静的去处。

戴望舒：丁香结，雨中愁

“撑着油纸伞，独自彷徨在悠长、悠长又寂寥的雨巷，我希望逢着一个，丁香一样地结着愁怨的姑娘……”1927年，戴望舒在无限惆怅和狂想中，写下了著名的《雨巷》。这首蝴蝶般轻盈，如真似幻的抒情诗，通过描绘雨中梦幻般出现又幽灵样消逝的丁香姑娘，寄托了诗人凄迷的心境。它似一幅象征写意画，幽微精妙，意境朦胧，清新空灵，耐人寻味。

写这首诗时，大革命失败，全国处于白色恐怖之中。当时，戴望舒匿居于好友施蛰存处，爱上了施蛰存的妹妹——上海女中学生施绛年。受哥哥的影响，施绛年开朗，活泼，富有个性，懂得感情，加上对戴望舒早已熟稔，所以，始终以温和平静、善意宽怀的态度对待诗人的苦苦追求。而忧郁内向的戴望舒在胸怀希望之火的同时，品咂出了姑娘微笑中的“寒冷”。为此，戴望舒横下心来最后约见了施绛年，希望她能接受自己的感情，否则就跳楼以身殉情。施绛年为他的赤诚感动，也为他自萌短见所震慑，勉强接受了他的感情。然而，戴望舒赴法留学期间，施绛年还是移情别恋。

其实，交织着失望和希望、幻灭和追求的“丁香结，雨中愁”，不独属于戴望舒。唐代诗人李商隐就有过“芭蕉不展丁香结，同向春风各自愁”之句；南唐中主李璟的《浣溪沙》:“手卷真珠上玉钩，依前春恨锁重楼。风里落花谁是主？思悠悠！　　青鸟不传云外信，丁香空结雨中愁。回首绿波三楚暮，接天流。”更是将丁香结和雨中愁紧密地联系在一起，只不过戴望舒的《雨巷》更合情感节拍，更具生活气息罢了。

戴望舒曾写过一首自白式的小诗:“我思想，故我是蝴蝶，万年后小花的轻呼，透过无梦无醒的云雾，来震撼我斑斓的彩翼。”戴望舒的理想主义，表现在他对政治和爱情理想化的苦苦追求之中。然而，他得到的却是双重的失望。即使如此，戴望舒的诗，仍然像美丽的蝴蝶，如真似幻地翩跹在我们的思想里，永无止境地展现着创造的美丽，让我们获得了很多美的遐想和美的感悟。

徐志摩：风吹不散的梦想

徐志摩的诗，素来以字句清新，韵律谐和，比喻新奇，想象丰富，意境优美，神思飘逸，富于变化，追求艺术形式的整饬、华美而具有鲜明的艺术个性著称。《我不知道风是在哪一个方向吹》这首诗除了具有以上艺术特色外，还在反反复复的咏唱中给人一份别样的感受。

“我不知道风是在哪一个方向吹——我是在梦中，在梦的轻波里依洄。我不知道风是在哪一个方向吹——我是在梦中，她的温存，我的迷醉。我不知道风是在哪一个方向吹——我是在梦中，甜美是梦里的光辉。我不知道风是在哪一个方向吹——我是在梦中，她的负心，我的伤悲。我不知道风是在哪一个方向吹——我是在梦中，在梦的悲哀里心碎！我不知道风是在哪一个方向吹——我是在梦中，黯淡是梦里的光辉。”

1928 年的文坛，只要听到“我不知道风是在哪一个方向吹”这一声诵号，便知是徐志摩驾到了。全诗辗转反复，余音袅袅。刻意经营的旋律组合，渲染了诗中“梦”的氛围，也给吟唱者平添了几分“梦”的姿容。诵读这首诗，可以给人这样的感受：徐志摩落寞地站在一个空旷的路口，心事重重，无所适从，伤感而迷茫。

熟悉徐志摩家庭悲剧的人，或许可以从字里行间捕捉到他与陆小曼的那一段情史。但这段罗曼史始终是模糊的，被一股不知道往哪个方向吹的风冲淡了。诗中不知“在哪一个方向吹”的“风”，表面上看来，是诗人对爱情的失落产生的惆怅心境。事实上，是诗人借心碎的爱情，折射出社会现状的不尽如人意，冷酷无情。他曾说:“要从恶浊的底里解放圣洁的泉源，要从时代的破烂里规复人生的尊严——这是我们的志愿。成见不是我们的，我们先不问风是在哪一个方向吹。功利也不是我们的，我们不计较稻穗的饱满是在哪一天。……生命从它的核心里供给我们信仰，供给我们忍耐与勇敢。”

尽管当时的社会现状令人沮丧，但失意的风，吹不散心中的梦想，他坚定地主张:“在黑暗中不害怕，在失败中不颓丧，在痛苦中不绝望。”为着这样一种人生态度，为着保持一份生命的真与纯，他蓄精励志，张扬着生命中的善，压抑着生命中的恶，以达到人格完美的境界。他力求摆脱物的羁绊，努力追寻人生与宇宙的真理。这是怎样的一个梦啊！决不仅仅是“她的温存，我的迷醉”“她的负心，我的伤悲”之类的苦恋之情，完完全全是一个超越个人情爱的大梦，让我们有缘从他失意的人生中，听到一曲美妙而积极向上的生命旋律。

湖畔诗人：歌哭与爱情

1922 年春，应修人从上海来到杭州，会晤在浙江第一师范求学的好友潘漠华、汪静之、冯雪峰。白天，他们在西湖堤岸散步、谈笑、写诗；晚上，他们在一起相互观摩诗作，畅谈感受、整理诗稿。相投的情趣将他们吸附在诗歌的富矿上，于是湖畔诗社应运而生。

《湖畔》《蕙的风》《春的歌集》等诗集相继出版。《湖畔》及《春的歌集》中的题诗正是诗人们的自我写照，“我们歌笑在湖畔，我们歌哭在湖畔”，“树林里有晓阳，村野里有姑娘”。他们赞美青春，放歌乡野；描绘情感乐章，追求美好爱情；坦陈世间不平，倾吐内心苦闷。感情率直、淳朴，格调自然、清新，给当时的诗坛吹来一股鲜活的风。

爱情是亘古不变的生命话题，湖畔诗人们的诗自然离不开爱情。在诗歌的王国里，他们始终不渝地鄙视着封建的道德礼教，无拘无束，自由放纵地唱着爱情之歌。

汪静之诗集《蕙的风》中有一首小诗《过伊家门外》：“我冒犯了人们的指摘，一步一回头地瞟我的意中人；我是怎样欣慰而胆寒呵。”曾引起过不小的波澜。那时，敢斗胆“一步一回头地瞟我意中人”的人是注定要冒犯人们的指摘的。诗集一出版，立刻招来了被鲁迅称之为“含泪”的批评家的谴责。可见，汪静之在行使爱的权力时是不能不怀着胆寒的心理的。幸亏有鲁迅这样开明的长者挺身而出卫护了诗人，不然，那“含泪”而又放射性极强的批评，是足以让阅世不深的青年凄惶不安的。

那个时期，爱情依然是一种能够触动社会神经的异物。因而，湖畔诗人们的爱情是含泪的、压抑的，却又是一种在挣扎中呐喊着的爱情。冯雪峰在《落花》一诗中含泪写道：“还请你给几片那人儿：——那人儿你认识么？伊底脸上是时常有泪的。”在凄苦的恋情中，潘漠华梦想找到一条可以让爱情自由释放的路途，在《寻新生命去》中他这样写道：“卸去一切的羁绊，斩断心灵的锁链，妹妹，风朝也好，雨夜也好，我们相依逃亡吧，我们须生存于新的意味里。”而“捻着枝榴花忽然面红，想靠着你的肩头又靠不拢”的应修人，在封建规范束缚下，拥有的又该是一份怎样苦涩而胆怯的爱情啊！

鲁迅说：“湖畔诗人的诗是天籁，不是硬做出来的。”闲暇展读他们一篇篇美丽的情诗，在他们迸发着歌笑与哭喊，却又充溢着无奈与忧伤的情感声浪里，是不难窥及当年爱的泪痕与血渍的。

文怀沙：我不是古玩

国学大师、楚辞泰斗文怀沙先生给从维熙送了一只羊腿，为答谢文怀沙先生这只羊腿，这年春节，从维熙请文怀沙先生来家做客。席间，他谈笑风生，当有人问起他的年龄时，文怀沙先生竟风趣地说：“我今年才年满 45 岁。”问话的人愣住了，文怀沙先生立刻解释说：“我说的是公历制年龄，90 被 2 除，不是等于 45 公岁么。”这句逗得在座的人捧腹大笑。文怀沙先生却俨然一副不解的神态反问：“难道我说得不对吗，我的精神和心态，怕是比有些 45 岁的‘老人’还要年轻许多呢！”

在年龄上，从维熙较之文怀沙先生，相隔了二十多个年轮，但他在和文怀沙先生长期的交往中，没有一丝半毫代沟的感觉。有一次，从维熙问文怀沙先生：“是不是我老了，怎么我们中间没有代沟？”文怀沙先生回答：“不，是我年轻。”的确，文怀沙先生精神上是年轻的，不管在什么场合，当有人问他保持心灵年轻的秘方是什么时，文怀沙先生总是爽快地回答：“生平只有双行泪，半为苍生半美人。”他虽有九十高龄，但总是有车不坐，专爱骑一辆自行车走街串巷出门访友。他说：“坐车人是不自由的，骑车人精神是自由的，比如路旁走着一位婀娜美女，坐在汽车里只能看其瞬间，而骑车则能下车驻足，仔细观之。人生赏美是一大乐事，常常失之则不再来矣！”

文怀沙先生赏美，不只是外在的美，更注重寻觅内在的和谐之美。一天，他看见一对盲人，在街头拉着二胡，演奏的曲子是《二泉映月》。便立刻下车，在一旁驻足倾听，曲终之后，他拉住这两位陌生盲人和他们倾心交谈，说得他们绽放出一脸满足的笑。最后，他掏出了口袋中所有的人民币。

文怀沙先生一方面透明、爽朗、豁达，心灵永远年轻向上；另一方面为人谦逊、诚挚、动情。有一次，文怀沙先生要出游欧洲，特意来到从维熙已故老母的遗像前鞠了三个大躬。事后，他对从维熙说：“你母亲历经生活磨难，是在困顿中走完她的人生的，这样的灵魂不会下地狱，一定是升了天堂，她在天堂一定能保佑我远行欧洲一路平安。”在他看来，从维熙的母亲虽然是一个目不识丁的文盲，却是一个穿越了人生苦难，支撑着全家生存了下来的伟大母亲。

文怀沙先生有他的忌讳之处，最忌讳的是后辈苍生称他为“老”或称他为“翁”，他以为这是垂暮的标志，表示离火葬场不远了；他喜欢别人称他为兄，以示他还年轻；他不让别人称“您”，而要呼“你”。他说：“文苑无老少之分，俏俊的罗成比老将黄忠骁勇，这是规律。我最看不上那些倚老卖老的‘大人物’。古玩老的值钱，但我不是古玩，算得上是价廉物美。”

海子：庄稼一样的诗歌

我忧郁悲伤的时候，我知道海子也是悲伤的，不，是海子的灵魂是悲伤的。在人生绝望的边缘，绝尘而去的海子，在冰凉路轨上，在堆积着忧伤情感的天穹里，以鲜明的亮色，将他的天才和灵性涂附在了坚硬而苍凉的石头上。

属龙的海子不到 25 岁，便结束了诗一般明媚灿烂的生涯，该是不该？谁也不知道。我只知道，和我同龄的海子把他的诗歌种在庄稼地里，刻在石头上的时候，也将他的诗情种子一般撒进了我的心坎里。如果他还活着，他一定像我一样，在一个闲散的下午，用自己的十个手指在电脑键盘上敲击灵性。一个有灵性的人，总是不需要有任何理由，便会想起一个活在他心灵深处的、陌生的，却可以亲近的人。

海子将生命和灵性还给石头的时候，他的情感并不是一味地苍凉的，他年轻的心依然有一言难了的挂牵和爱恋。捧读海子的诗歌《姐姐》，我唯一的选择，便是唏嘘饮泣，泪流满面。

“姐姐，今夜我在德令哈，夜色笼罩。姐姐，我今夜只有戈壁，草原尽头我两手空空，悲痛时握不住一颗泪滴。姐姐，今夜我在德令哈，这是雨水中一座荒凉的城。除了那些路过的和居住的，德令哈……今夜，这是唯一的、最后的，抒情。这是唯一的、最后的，草原。我把石头还给石头，让胜利的胜利，今夜青稞只属于她自己，一切都在生长。今夜我只有美丽的戈壁，空空。姐姐，今夜我不关心人类，我只想你。”

海子莫可名状的悲伤缘于他的纯粹。他的纯粹，不能不让人记起孤独而充满激情的凡·高，用双管猎枪洞穿自己生命的硬汉子海明威。是的，海子是一个天才的、纯粹意义上的诗人。在他的世界里，将生命和灵性还给石头只是一个过程，即使把什么都放下了，风依然会吹，黑夜白昼依然会更迭交替，寒冬之后，庄稼还要生长，农业还要繁殖。因此，在睡去之前，他唯一能做的，就是将美丽却感伤的诗歌庄稼一样留给我们，细细收割，慢慢品味。

席慕蓉：美丽的忧伤

二十多年前读席慕蓉的诗，总从她的诗行里读出遥远而清晰的忧伤。在一份与生俱来的忧伤里，她以自己淡雅剔透、抒情灵动的笔调，将现代诗歌之美发挥到了极致。她的诗，映照着她忧伤而美丽的灵魂。不管是写爱情，写乡愁，还是写人生，透过诗行，都可以读出她那细腻多感、缠绵挚爱的心境。她的诗集《七里香》《无怨的青春》等之所以一版再版，或许，这正是最本真的理由。

席慕蓉的忧伤，缘于她深深懂得，美丽总是短暂的。《画展》一诗中，她说出了自己的感觉："我知道 / 凡是美丽的 / 总不肯　也 / 不会 / 为谁停留 // 所以　我把 / 我的爱情和忧伤 / 挂在墙上 / 展览　并且 / 出售。"席慕蓉先是画家，然后是诗人，她时时处处有着对事对物画一样的感觉，这些感觉融在她的文字中，自然而然就有了如梦如幻的韵味。"忧伤"二字，在她的诗行中并不多见，但在读她的诗的时候，你会感觉自己被诗歌的美丽包裹着，与此同时，你会觉得内心深处萦绕着一种无法言说的忧伤。而当"忧伤"二字出现在她的诗行中时，这种忧伤的感觉便益发渗透到一个人灵魂深处了。

谁都年轻过，而年轻的心灵，总有在得失之间徘徊萦回的时候，席慕蓉也不例外。在爱的情感里，她也有她的痛苦和忧伤，因为分离的痛苦，才有彻骨的了悟："如果雨之后还要雨 / 如果忧伤之后仍是忧伤 // 请让我从容面对这别离之后的 / 别离　微笑地继续去寻找 / 一个不可能再出现的你。"（《雨中的了悟》）一次旅行途中，她邂逅了自己的初恋，一刹那的沧桑涌上她的心头："你把忧伤画在眼角 / 我将流浪抹在额头 / 你用思念添几缕白发 / 我让岁月雕刻我憔悴的手 // 然后在街角我们擦身而过 / 漠然地不再相识……"（《邂逅》）

席慕蓉是个感性的人，一把又香又柔又古雅的小苍兰，几星在廊下不分四季地开着的桂花和茉莉，都会无缘由地拨动她心底的爱和忧伤。在《为什么》这首小诗中，她发出了忧伤的询问："我可以锁住笔　为什么 / 却锁不住爱和忧伤 // 在长长的一生里　为什么 / 欢乐总是乍现就凋落 / 走得最急的都是最美的时光。"

席慕蓉是忧伤的，席慕蓉的诗歌是忧伤的，如一枝夏莲，一朵秋菊，一抹腮红，一场春梦，她的忧伤以她特有的气息，特有的韵律，让生命充盈着丰富、曼妙、美丽的遐想。

蒋子龙：坐拥书香

刚从同学聚会的氛围中走出来，便接到市作协打来的电话，说是蒋子龙先生来了，让我作为市作协成员去见一下。

在蒋先生歇息处，近距离坐在了他的对面。乍一看，他的身形和我差不离，不胖，但也瘦不到哪儿去。传言中，他有“冷面杀手”之称，但我分明从他镜片后睿智的目光里，从他历经 73 载人间沧桑的脸上，读出了和善和笑意。看来，还真是百闻不如一见了。感觉中，他是从容的，就算是与初次相识的人交谈，他也会把交谈当成一种享受。他以从容的语速从容的问候，以从容的姿势关注交谈中的每一个细节，以从容的态度，表述着对人生社会的看法和观点。

作为从工厂车间成长起来的一位名作家，他那些反映城市改革、描写工人生活的作品如《乔厂长上任记》《开拓者》《一个工厂秘书的日记》《赤橙黄绿青蓝紫》《锅碗瓢盆交响曲》等，当之无愧地成为中国文学史上一个时期的标识。在他看来，一件作品，无论是小说、散文还是诗歌，重要的是质量，只有自己满意，被作品感动了，才对得住喜欢、信任自己的读者。他认为，当今社会，文学承担的责任是自然散发的，经济社会的底蕴离不开文学，文学的生动、鲜活，是中华民族深厚文化底蕴的源泉。没有文化品位的经济是不行的，而文化要靠文学来养育。文学素养是当今社会素质、社会人的素质、企业文化素质的集中体现。

对后来者，特别是对现在的年轻人，他永远持欣赏的态度。他说，现在的年轻人了不得，聪明、大胆、成熟，对社会关注，对事物敏感，具有与时俱进的语言能力、造句能力，作品切入生活、贴近生活，值得研摩和学习。作为老一辈，完全没必要为文学的未来担心，现在的年轻人，他们在市场经济、商品社会、网络时代中成长，骨子里没有权威存在，没有局限存在，没有条条框框存在，这无疑是不可阻遏的一种社会进步。

谈及读书，蒋先生以坐拥书香为惬意。在他看来，不管是累了还是烦了，看看书，心境就能平静下来，就能渐渐地找到一份踏实、宁静的感觉。他认为，阅读可以哺育人的智慧和心灵，开阔人的视野。我们之所以能够理解人生，不是因为跟人接触得多，而是因为接触的好书多。历史上最严峻的时刻往往产生伟大的作品，是这些作品对时代承担着特别的责任。所以，一个民族如果没有书籍，它所拥有的一切就会变得苍白无力。

“人生不可无书，书可以嫁接人生。”蒋先生说，书是印刷出来的人类，读一本书就是经历一次别样的人生，书读得多就可以拥有多种经历，选择多种人生。将自己的一生衔接上前人和古人，等于丰富和延长了自己的寿命，书实现了人类最大的愿望，使短暂的人生得以永恒。

蒋子龙先生坦诚、率真、幽默、睿智的谈吐，给我一种久违的舒坦和快乐，这种在宽松、优雅氛围中由心而生的感觉，是如此散淡真切，又是如此笃实从容。

顾城：永恒的质疑

在一首题名为《规避》的诗中，顾城这样写道："穿过肃立的岩石，我，走向海岸。'你说吧，我懂全世界的语言。'海笑了，给我看，会游泳的鸟，会飞的鱼，会唱歌的沙滩。对那永恒的质疑，却不发一言。"

是对爱？对生命？还是对大自然的质疑？不得而知。在顾城的视界里，如此强大的、浩阔的、丰富而充满灵性的海洋，在将许多离奇的事物不设防地袒露出来后，也需要恰当的沉默和"规避"。可见，那"永恒的质疑"，如司芬克斯之谜一样难解。

少年时代的顾城，就开始天真地思考过人的命运。一只昆虫、一滴雨，在他的感觉频道里，都是天地万物变化和生长的声音，他在他的梦幻世界感受着无数"生命和非生命的历史"。这些"生命和非生命的历史"，使他身体内"充满了一种微妙的战栗"和"云上火焰一样摇动的光辉"。这样一种感觉，感性而宿命地暗示着，他是一个为诗而生、为爱而活的人。

伟大的诗人都不是现存功利的获取者，他们在生活中一败涂地，并过早地向上苍缴还了彩笔。雪莱溺于爱琴海，拜伦战死于希腊，波特莱尔服鸦片过量暴死，涅瓦尔自缢身亡，庞德命毕于精神病院……但他们的声音，他们展示的生命世界，则与人类共存。顾城也是，他强烈得近于疯狂的爱，住在他的诗行里，住在他火焰般跳动的梦幻里：“我的心爱着世界，她溶化了，像一朵霜花，融进了我的血液，她亲切地流着，从海洋流向高山，流着，使眼睛变得蔚蓝，使早晨变得红润。我的心爱着世界，我爱着，用我的血液为她画像。”

如死于决斗场的普希金，如因飞机失事“吻火”而亡的徐志摩，顾城是个视爱情为生命全部意义的人。在他的世界里，拥有爱，就拥有幸福，恋爱的成功意味着生命的成功，恋爱的失败即是生命的失败。因为心中满溢着爱的浪潮和谜一样永恒的质疑，他才毅然决然地将诗意和生命，搁浅在浩阔海洋捧起的一座孤岛上。

玲珑：露珠滴落的忧伤

读诗人玲珑，如在矾过的熟纸熟绢上，把淡墨滴积在画云的部位，鼓着腮帮子就可以将淡墨轻轻吹成云的形状；或是在雪景山水画面上，用刷蘸着粉水轻轻弹出具有自然韵味的雪花，虽然忧伤，却是飘逸而有神采。

忧伤的玲珑，如一粒与生俱来的忧伤的种子，在挥洒忧伤的时候，吹云弹雪般恣意而为。乘坐电梯时，他的忧伤流动在电梯里："我躲在电梯里，希望攀升的力量能阻止泪水的蔓延，却发现重力反而助长了心的下沉……缆与齿轮相互错合绞动的声音，冰冷的铁门一张一合，仿佛怪兽在暗中潜行，而我，则在它的肚腹中溶化。闷闷的空气，一个人躲在黑暗的电梯里哭泣，什么朋友啊，什么爱情，都是自以为是的，一厢情愿。"

从山里的第一声鸟鸣和第一缕晨曦中走出来，秋已深了。这样的时候，忧伤的玲珑在秋天的原野上，沐着清风，踩着落叶，以忧伤沉重的步履前行："为每一片相遇的青碧，打上绯色的回忆……大浪拍击着岩岸，海鸥在低空中盘旋，我在等待着，那不知何时会出现的瓶中信。"

在相思的红豆忧郁地坠落的时候，在秋风摇落爱意绵绵的梦想的时候，在雁群带着哀鸣离开家园的时候:“离别成全了回忆与思念，只是，未及道一声珍重。碧水长天，东流不返的是光阴，还是你远去的背影，万千豪云化为雨，只能用另一双温柔的手，再在心中敲击出，那想念你的旋律。”

玲珑的忧伤随心而来，吹云弹雪般漫无边际，如尽兴流淌的粉彩变成富有灵性的流云霞光，如粉水随心弹洒在天地山水之间，让心空的精灵破怀而出，依附在或葱郁或浑朴的山石林峦之上，在冷寂的映象下跃动生命的脉搏，让尺幅之内蕴藏旷日持久的情怀，那“吹云弹雪”般的诗行里，永无穷尽地宣泄着露珠滴落的忧伤:“疯草的眼睛盯着墨蓝的天空，氤氲的雾打湿了她的随风长发，幽蓝的萤火恰似她轻轻颤抖的唇色，湫湫的溪水吟唱着清歌，将露儿滴落的声音，悄悄藏在了吹云弹雪般的幽咽里。”

读着玲珑的忧伤，我不知道是诗歌可以这样让人忧伤，还是玲珑的真实让人忧伤，我分明看见诗一样的玲珑梦一般坐在天台上，望着湛蓝的天空，把手伸出去，想象着鸟一样地飞翔，吹云弹雪般在阳光下画自己流着泪水的影子。

瓦儒·阿岚：心中的月亮花

瓦儒·阿岚的诗，是一位朋友推荐给我的，我那位朋友正置身于一场无论如何也没有结果的爱情之中。读瓦儒·阿岚的诗句，我读出了那位朋友的影子，直觉中，瓦儒·阿岚和她是有着一样心境的人。

瓦儒·阿岚的心境是怎样的呢？她在诗集《月亮花·题记》中做过这样的诠释：月亮花，传说只在有月亮的晚上开放，像极了那种一生中只会看见一次的爱情。我的月亮花开着的时候我很清醒，我没有去看月亮。因为那时我是一个爱情诗人，我呵护着我的爱情，月亮花就时时开在我心里了。

月亮花就这样开着，静悄悄地开着，当心底充溢着爱情的时候，月亮花的开放是不会选择时间的，不管有没有月亮，不管是白天还是黑夜，那花，就是心底的一团柔情，一束光亮，一只情意绵绵的彩蝶，时时刻刻丰富着枯乏的生活。“知道我为何总是笑吗，只因心中充溢着幸福；知道为何我总对着天空发呆吗，只因梦中有了一个你。隔着季节，我忘情地呼唤你的名字……隔着时空，我把无法掩饰的渴盼与企望，化作一粒种子，播在来世。”（《心中梦中》）一份凄美无望的爱情，在飘浮的云絮里，在甜蜜的梦想中，滋润着一份无言的幸福，一脉永久的牵念。

“我把幻想推上枪膛，举枪瞄准你，你骄傲的头颅，俊俏的脸，恬淡的微笑，还有矫健的腿。我的枪正瞄准你，你浑然不觉，笑语频频，步履轻盈。我动情地射出一排排子弹，在你的朗笑声中，千疮百孔的，是我。然后我把红豆推进枪膛，还是把枪口对准你。”（《瞄》）这是一份怎样炽热的情爱啊，和柔情万种的月亮花比起来，那动情地射出的一排排子弹，若是爱的语言，便毫无疑问是爱的极致了。当然，这并不是爱的毁灭，它寓意的只是爱的新生。诗行里的柔和刚，是那样执拗而深刻，那样强烈而哀婉。月亮花也好，子弹也好，都足以荡人心魄，扣人心弦，在见证着瓦儒·阿岚爱情的同时，也从一个侧面昭示着我那位朋友对爱情的执着和痴迷。

这是内在的爱情，只能细细品味，用心触摸，它无法如火如荼地亲近，没有轰轰烈烈的场面，却可以超越时空，穿越岁月，以藤蔓的姿态默默攀缘，以花儿的方式无言绽放。

柯于明：一个人的潜山

与香城泉都有缘的人，大抵都会在闲暇或兴之所至之时，前往潜山走走。海拔 296 米、面积 4 平方公里的潜山，漫溢着与生俱来的温婉和灵性，母乳般凸显在咸宁这方底蕴深厚的土地上。潜山的魅力，不在于它有多么高大、多么奇崛、多么挺拔，而在于它是一处能历久弥新地让人有清新、愉悦感觉的所在。

山不在高，有仙则名。潜山之“潜”，掠古通今。山中究竟有多少隐秘，多少故事，多少“仙”机，谁能说得清？潜山，作为国家森林公园，桂花如海，花香袭人，竹浪起伏，翠波翻涌，生物的多样性，构架着潜山丰富多彩的画面。更为重要的是，这里拥有穿越岁月长廊的文化积淀，让这座山在人们心目中益发美丽神圣。

自然造化与人生情结常常应运而生，当山的灵性与人的灵气密切交汇时，就有了天长地久的不解情结。当年，北海在此研墨，冯京在此苦读，都是情结使然。现而今，有那么一个人，他那份不折不扣的潜山情结，也正是在时深日久的磨合中，自然而然凝聚而成。这情结如诗如歌如画如酒，值得咀嚼、耐人品味。

在他的心中，潜山是举起的图腾，壮观而美丽，曼妙却神圣。

他创作的《潜山记》同著名画家董继宁手书的“潜山”二字一起，镌刻于潜山广场标志石上，成为醒目的人文景观。在《潜山记》中，他这样写道:“圣哉潜山，图腾高悬。人之典范，心灵标杆。无石不雅士，草木皆圣贤，品行效嘉树，尚善若温泉。”字里行间，满溢着对潜山的膜拜之情，潜山是他心中的圣山。

一届接一届的国际温泉文化旅游节，一再凸显着咸宁温泉的后发优势，潜山的姿容因此益发亮丽，潜山的人文韵味因此益发浓郁。

漫步潜山“中国楹联长廊”，70 副散发着墨香的楹联构成了一道美丽的风景，令人赏心悦目。这道风景线就是他和他的同仁们的杰作。他不仅是策划者，还是亲手描画者。细细欣赏，就会发现，有多副楹联是他的倾心之作。特别是长廊正门的主联，是一副醒目的长联:“天机钟胜景，山呈虎跃，水为龙舞，香城秀色，泉都神韵，更登高，望九宫林海，三湖烟雨，风景这边独好；盛世创奇观，笔走风行，墨领云驰，曲径长廊，妙对佳联，须尽兴，歌百姓情怀，千古英雄，江山万代咸宁。”充分表达了作者的潜山情结，彰显了作者对咸宁的炽烈情怀。

走出楹联长廊，步入“探花问香”碑刻名人诗画景区，在众多线条流畅的书画作品中，由他手书的 7 副书法佳构，刚柔兼备，灵动古雅，奇趣横生，微妙精深。

他的潜山情结，不只表现在纸端笔下、字里行间，更多的是表现在他丰富多彩的日常生活中。闲暇之时，他常常邀约温泉城区众多乐器爱好者聚集于潜山桂竹苑振翅台，面对桂花林海、孟宗修竹即兴演奏，旨在切磋技艺陶冶情操，为潜山再抹一缕人文色彩。可以说，他的乐此不疲为潜山增添了活力，反过来，潜山也滋润着他生而为人的灵性。他写过一篇《母子“春晚”》散文，刊于《湖北日报》副刊头条，就是因为葫芦丝和孟宗竹这些元素深入了他的心灵，才得以顺理成章地让一片“孝”心在文字之间舒展蔓延，散发出人性的温馨和美丽。

应该说，他的潜山情结是由来已久的，早在2007年春，他就以万丈豪情唱出了对潜山的眷恋和钟爱，那是怎样的思索和倾诉，又是怎样的融会和贯通啊！你听，《潜山风情》章节中他是怎样动人地咏叹：“——你是李北海挥洒的一滴水墨，你是黄庭坚留下的一卷生宣，你是郭小川描出的一爿诗意，你是饶庆年吟出的一抹雨烟。你是屈原遭贬路上踩出的一段离怨，你是孟宗无奈时哭出的一声个惊叹，你是李闯王抛下的最后一声叹息，你是叶将军凝固的震古铄金的那声呼喊。——你是一叶肺，过滤着绿风的浓淡，你是一颗心，维系着生命的夕旦；你是一座碑，铭刻着咸宁发展的足迹，你是一张牌，夸耀着生态城市的亮点。——你更是高昂的巨龙之首，舞动着我们的激情，升腾着我们的期盼；你更是凸耸的母亲的美乳，哺育着我们的日子，喂肥了我们的梦幻。”

心的舒张和山的脉动，两相呼应，怎能没有万千气象，怎能没有汹涌澎湃。为什么他对潜山爱得这么执着，恋得这么深沉，从这些诗句中很容易找到答案。

一座山，可以成为一个人的宗教，一个人，可以融入一座山的精魂。一个人的潜山源远流长，一个人的潜山色彩斑斓，一个人的潜山美丽浪漫，一个人的潜山千姿百态。这个与潜山结下了不解之缘的人，名叫柯于明。

如果说，一座山的魅力，可以被一个人唤醒，那么，一个人的心智，也可以因这座山的存在，在聚合中发散，在承接中提升，在呼应间精彩。

李城外：湖畔有约

曾经在杭州西子湖，一群青年应西子湖之约，集结组成“湖畔诗社”。应修人、汪静之、潘漠华、冯雪峰就是其中的杰出代表，他们捕捉着一缕缕惠风，寻访着一片片落叶，以反叛精神抒写出一篇篇真挚而热烈的情诗，感动着一代代为情所动、因爱而醉的青年，留下了“湖畔诗人”的美誉。

而今，在咸宁向阳湖畔，活跃着一个研究向阳湖文化的群体，他们之中的领队非李城外莫属。李城外原名李成军。据说，在《围城》风靡之时，他白天捧着书卷，晚上抱着电视，陶醉在钱钟书老先生设定的情爱氛围之中，“城里的人想逃出来，城外的人想冲进去”的名句也许同他今生有缘，以至他在不经意间将自己的名字改成了李城外。并且自此以后真切实在地在温泉城外闹出一些名堂来。

李城外是个不囿时空，敏感而执着的人，在温泉小城待久了，在青灯黄卷下坐长了，便有偶尔的闪念，便有意想不到的猎获。古代云梦泽、今日向阳湖，正是他于青灯黄卷下的一个闪念之后，温情脉脉地跌入他的心坎的。早在 1969 至 1974 年间，文化部一大批文化名人及其家属 6000 余人迁徙至此，在此生活和劳动，形成了特定的历史环境下的文化——向阳湖文化，缘于此，向阳湖文化便成了李城外梦牵魂萦的“文化金矿”。

他是如此勤恳、执着而痴迷。向阳湖文化也许不是因有李城外而厚重，但绝对是因有李城外而醒目。是他，上下求索，进京跑省，遍访名人；是他，志在开发，四处呼吁，八方游说；是他，让湮没的历史重现，将失落的珍珠串起。可以说，向阳湖文化融入了李城外的血脉，他无孔不入，逢人说项，用心编织，叫人感怀，让人叹服。短短几年间，他策划拍摄了向阳湖人物系列专题片，策划推出了《中国向阳湖文化名人风采》系列纪念封，编著出版了向阳湖文化书系《向阳情结——文化名人与咸宁》（上、下）两种，主编了文史资料两种，全国多家报刊让他带着向阳湖水草气息的文章频频亮相，如此骄人的成绩，又怎能不令人刮目相看？他因此荣获第二届“湖北青年五四奖章”，被吸收为中国作家协会会员。

向阳湖文化于李城外来说是一份不解之缘，书系两种得成无疑耗费了他一腔心血。《采风》与《情结》80 万言，互为补充，相得益彰，让人从诸多翔实的资料中洞悉那段凝重、酸涩的历史。更难能可贵的是，《采风》与《情结》为向阳湖文化的深层开发做出了坚实的、高含金量的铺垫。

李城外之所以能先后叩开 200 余名文化名人的家门，全凭他拥有一颗“挽救向阳湖文化”的执着痴迷之心。他奔走京城，访城里城外，先后成为冰心、臧克家、萧乾、周巍峙、张光年、陈早春等文化名人的座上客。收集到大量珍贵史料、众多的照片、几百封书简和不少题字。2000 年 9 月 26 日，由他主编的《向阳湖文化报》正式出刊，旨在让向阳湖成为有声有形、有景有情的鲜活历史，成为咸宁的文化热点，成为联系京城的一条通道。

走近李城外，便会被他撺掇到他的“向阳情结”之中，他让你感受到潜移默化的力量。他始终徜徉在向阳湖畔，锲而不舍地策划，竭尽心力地打捞。窃以为，西子湖因“诗结”写入现代文学史，向阳湖亦会因“情结”游弋当代文学殿堂。

李白：杯酒谢浮名

凡俗之人，难有不嗜浮名的。这浮名，大抵是指一时的仕途得意，高官厚禄，而不是千年百年后依然可以被人记起的声名。

杜甫说：细推物理须行乐，何用浮名拌此生。一个“拌”字，道尽了人生得失，喜怒哀乐。堂堂宰相范仲淹也说：屈指细寻思，争如共刘伶一醉，人世都无百岁……忍把浮名牵系？可见，“浮名”二字，是极能耗散一个人的体魄心智的。柳永才气横溢，却屡试不第，“屡试不第”正说明他没有断绝追名之心，谁让他在《鹤冲天》中，一句“忍把浮名，换了浅斟低唱”，惹恼了宋仁宗呢？不然，就不会有“黄金榜上，偶失龙头望”的幽怨了。

而“以诗酒自适”，一向坚信“天生我材必有用”的李白，在他的浪迹生涯中，最难摆脱的还是“逐浮名”的窠臼。他二十五六岁出蜀东游，漫游过长江、黄河中下游的许多地方，一度抵长安，争取政治出路，但失意而归。天宝元年，被玄宗召入长安，供奉翰林，作为文学侍臣，参加草拟文件等工作。不满两年，即被迫辞官离京。公元 757 年冬天，李白抱着消灭叛乱、恢复国家统一的初衷，不承想却卷入了李亨、李璘王兄骨肉战争旋涡。成事后的李亨将李白丢入浔阳死牢，幸有兵马副元帅郭子仪冒死相救，李白才免于杀头，被新皇帝下诏流放。寒风凛冽，波涛滚滚，一叶扁舟载着57岁的李白逆流流放到夜郎。公元759年，李白在巫山得赦，欣喜若狂，提笔赋诗:“朝辞白帝彩云间，千里江陵一日还。两岸猿声啼不住，轻舟已过万重山。”此后，他继续在黄河、长江的中下游地区漫游，仍然关心着国家大事，希望重获朝廷任用，但终归是事与愿违。

李白是一个果敢坚决的行动者，一个不受金钱和社会规范束缚的苦行僧，一个高度自信而又四处碰壁的幻想家，任何时候他都不是一个安于现状的生活型诗人。正因如此，他功成身退的理想至死不灭。“东山春酒绿，归隐谢浮名”是诗仙李白在《留别西河刘少府》中的两句诗。这时的李白，将“大道如青天，我独不得出”的忧愤化作了“闲倾鲁壶酒”的散淡。字里行间固然可以读出他落寞悲凉的心境，但毕竟他已开始以自觉的方式化解着人生的矛盾和痛苦。

“忍把浮名，换了浅斟低唱”，难说没有几分无奈，但终究是梦醒之后的情感顿悟。梦一旦醒了，该作别的作别，该放手的放手，路可以有拐弯的地方，心思当然可以延伸到另一个美丽的方向。

苏轼：人生一杯茶

茶，亦庄亦谐，亦雅亦俗，在中国文化中虽为异数，却是个人品位的象征。古人品茗论道，煮茶听琴，为的是在袅袅幽香中揣摩世态炎凉，体味人生苦乐。

北宋诗人苏轼，十分嗜茶，爱茶之情常见于诗行之中："仙山灵草湿行云，洗温香肌粉末匀。明月来投玉川子，清风吹破武林春。要知冰雪心肠好，不是膏油首面新。戏作小诗君勿笑，从来佳茗似佳人。"因为爱茶，才具有对茶独特的感受。"沐罢巾冠快晚凉，睡余齿颊带茶香"，"春浓睡足午窗明，想见新茶如泼乳"。可以说，苏轼咏茶，总是那么绘声绘色，情趣盎然。

在烹茶这一环节，苏轼以为"精品厌凡泉"，好茶必须配以好水，因此常常亲自到钓石之旁汲取深潭活水。"活水还须活火烹"，所以他用于泡茶的滚水皆由"有焰方炽的炭火"煮沸。对煮水的器具和饮茶用具，苏轼也很讲究。在宜兴，他设计了一种提梁式紫砂壶。后人为纪念他，把此种壶式命名为"东坡壶"。"松风竹炉，提壶相呼"，即是苏轼用此壶烹茗独饮时的生动写照。

苏轼不只是烹茶、品茶，还亲自栽种过茶。他贬谪黄州期间，经济拮据，生活困顿。黄州一位书生马正卿替他向官府请来一块荒地，他亲自耕种，以地上收获稍济“因匮乏食”之急。在这块取名“东坡”的荒地上，他种了茶树。有诗为证：“磋我五亩园，桑麦苦蒙翳。不令寸地闲，更乞茶子艺。”在另一首《种茶》诗中他这样写道：“松间旅生茶，已与松俱瘦。移栽白鹤岭，土软春雨后。弥旬得连阴，似许晚遂茂。”诗意是说，茶种在松树间，生长瘦小但不易衰老；移植于土壤肥沃的白鹤岭，连日春雨滋润，便恢复生长，枝繁叶茂。可见诗人于躬耕之时，已深谙茶树习性。

茶的透明、润泽、剔透，使人冷静，使人沉思，使人清醒与真实，使人欢喜与清明，使人有了超越现实生活的想象。苏轼的一生，足迹遍及各地，从峨眉之巅到钱塘之滨，从宋辽边境到岭南海南。是长期的贬谪生活，为他提供了品尝各地名茶的机会，也让他在沉苦之时保有一腔向上飞扬的心襟，在贬谪之境不失敏锐深刻乐观的人生态度，正因如此，他的生命之茶才能不间断地泡出诗意的芳香。

现代人也喝茶，但能够如苏轼那般，在沉苦之时能怀着平静心境烹茶品茶，让世人感到香醇四溢的并不多见。我想，再怎么样有见地的人，若长期置身于“一杯茶、一支烟，一张报纸看半天”的生活中，断然是难以有思想上的截获的，无非是在丢掉烟头之时，搁下报纸之后，闲谈歪扯之余，制造出一堆寡淡无味，必须倒掉的茶渣。如果说人生是一杯茶，那么泡这杯茶、饮这杯茶、品这杯茶的人，恰恰就是自己。

陈叔宝：怆然归寂后庭花

“丽宇芳林对高阁，新装艳质本倾城。映户凝娇乍不进，出帷含态笑相迎。妖姬脸似花含露，玉树流光照后庭。花开花落不长久，落红满地归寂中！”这首被称之为“亡国之音”的《玉树后庭花》，系南朝后主陈叔宝为其爱妃张丽华所作。

据传，张丽华发长七尺，光可鉴人，眉目如画，绝色倾城。同时，她的伶俐聪明为常人所不及，凡事听一遍便可记牢，且能把握主题要点。为此，陈后主上朝时，最爱将张丽华抱于膝头，让她听政，共决天下大事。

因爱张丽华入骨，陈后主在光照殿前兴建了“临春阁”“结绮阁”，极尽奢华。刘禹锡有诗云：“台城六代竞豪华，结绮临春事最奢。万户千门成野草，只缘一曲《后庭花》。”

就在陈后主沉溺于饮酒赋诗、征歌逐色的快意之中时，北朝隋文帝杨坚正大举任贤纳谏，减轻赋税，整饬军备，消除奢靡之风，随时准备攻略江南富饶之地。陈叔宝得知后，终日照样吃喝享乐，不以为然。还说：“王气在此，齐兵三度来，周兵再度至，无不摧没。虏今来者必自败。”翌年初，隋军趁陈军欢度春节之机，数路并进，突破长江天险，攻陷建康（今南京）。

“玉树后庭花，花开不复久”，一时的流光快意，却在身前身后留下了多少化不开的哀愁啊。国亡城破之时，享尽人间荣华富贵的陈后主和张丽华，为南朝留下的，不是以死相殉的凄美，而是丢人现眼的裁决。宋朝诗人陈孚为此写下了《胭脂井》一诗：“泪痕滴透绿苔香，回首宫中已夕阳。万里河山天不管，只留一井属君王。”曾巩也为此写下“辱井在斯，不可戒乎”，铭刻于井栏之上。王安石也留诗一首：“结绮临春草一丘，尚残宫井成千秋。奢淫自是前王耻，不到龙沉亦可羞。”

在清溪，张丽华魂断香消于高颖刀下。张丽华的美丽绝伦是不可否认的，人们念及她的美丽，将她墓葬于秦淮河畔赏心亭天井中。宋人吴龙翰有诗曰：“结绮临春迹已尘，尚馀抔土锁娉婷。玉颜不及陇头草，岁岁春风吹得青。”据传，张丽华墓间，人们常可感知光气流转，含香凝玉；甚至有人在七月望夕巧遇张丽华，睹其仙人风貌。正是：“生来貂蝉貌，终时溪边草。丽质埋天井，芳魂任缥缈。”

唐朝诗人杜牧夜泊秦淮，闻岸上酒家女子在月下高歌陈后主的《玉树后庭花》，歌声凄婉，兼蕴南朝幽怨气韵。不由诗思涌动，写下了家喻户晓的《秦淮夜泊》：“烟笼寒水月笼纱，夜泊秦淮近酒家。

商女不知亡国恨，隔江犹唱后庭花。”

浆声灯影，伴春来秋去；秦淮旧梦，随日月更替。我想，时至今日，属于陈后主的后庭花，坠落尘埃三千丈的后庭花，该是怆然归寂了罢。

薛涛：浣花溪上彩笺飞

她出身书香门第，只因父亲过早去世，贫寒的家境，使之不幸沦为乐伎。她酷爱诗文，虽身处逆境，却从不放弃研读，正因为这样，她在诗词、音律等方面有着很高的素养。闲暇时，她在成都浣花溪采用木芙蓉皮做原料，加入芙蓉花汁，制成深红色精美的小彩笺，用于写诗酬和。浣花溪水清质滑，所造纸笺光洁可爱，为别处所不及，彩笺因之被誉为“浣花笺”。关于“浣花笺”，有很多题咏。韦庄有诗曰：“浣花溪上如花客，绿暗红藏人不识。留得溪头瑟瑟波，泼成纸上猩猩色。手把金刀劈彩云，有时剪破秋天碧。不使红霞段段飞，一时驱上丹霞壁。”李商隐也有诗云：“浣花溪纸桃花色，好好题诗挂玉钩。”制作“浣花笺”的圣手，就是唐代女诗人薛涛。

薛涛幼时即显过人天赋，8岁时，其父曾以“咏梧桐”为题，吟了两句诗：“庭除一古桐，耸干入云中”；薛涛应声即对：“枝迎南北鸟，叶送往来风”。薛涛的对句似乎预示着她一生的命运。

唐德宗年间，统领西南、能诗善文的儒雅官员韦皋，听说薛涛诗才出众，且是官宦之后，便破格将乐伎身份的她召到帅府侍宴赋诗。一年后，韦皋惜薛涛之才，欲奏请朝廷让薛涛担任校书郎官职，未果。但“女校书”“扫眉才子”之名已不胫而走。

在造纸艺术之外，薛涛是个奇女子，她传奇的迤逦妍逸的人生经历，透露出她过人的智慧和独善其身的秉性。即使身为乐伎，她的机智和才华仍获得了同时代诗人们的爱慕肯定。诗人元稹与大他 11 岁的薛涛有过一段情感经历，两人在蜀地共度了一年美好时光，最终却没有结果。元稹去了扬州后，曾寄诗给薛涛，表达思念之情，后来还是中断了这份感情。元稹离开成都时，薛涛写过一首《送友人》:“水国蒹葭夜有霜，月寒山色共苍苍。谁言千里自今夕，离梦杳如关塞长。”这首送别诗，表现出诗人对友情的执着。分别在“月寒”“夜有霜”的深秋季节，本来就叫人伤怀，可诗人偏说“谁言千里自今夕”，反伤感之意而安慰对方，其伤感之深沉可见一斑。

一张薄薄的桃色纸笺，终究留不住虚情场中是是非非的情感。薛涛对元稹的思念是刻骨铭心的，她相信元稹说过要回成都见她的话，不惜以全部身心等待与心上人再度相逢。最终她还是明白过来了，自己只不过是他生命中的一个小插曲。为此她退隐浣花溪，不参与任何诗酒花韵之事，只是一门心思在溪水边制作精致的粉笺，过了近二十年清淡的生活，直到孤独地老去。

那份寂寞如今是不是一如既往地飘荡在浣花溪上，没有谁知道。“花开不同赏，花落不同悲。欲问相思处，花开花落时。揽草结同心，将以遗知音。春愁正断绝，春鸟复哀吟。风花日将老，佳期犹渺渺。不结同心人，空结同心草。那堪花满枝，翻作两相思。玉箸垂朝镜，春风知不知。”《春望》全诗，让人感受着花谢花落花飞的绝望。无疑，这首诗正是那些日子她凄怆悲凉心境的真实写照。

柳永：跌落的生命潮汐

应金国国主请求，宋仁宗派丹青高手米芾画《西湖山水图》。米芾奉命在西湖胜景游览半月，画好一幅草图，请柳永配词。柳永看过草图，说："这幅画画出了西湖之美，熟悉西湖的人一看就是西湖。但没有画出钱塘之雄，缺少自然美的宏伟气势。柔媚之美，让人有倾慕之情；雄伟之美，让人有敬畏之心。若补上钱塘之怒涛，则可昭示民族尊严，让其不敢妄生邪念。"

是夜，钱塘江发潮，米芾、柳永等应钱惟演之邀前往海堤观涛。月光下，江水潮水如两军生死交锋，汹涌澎湃，白浪击空，撼人心魄。看过这一壮观景象，米芾决定将画推倒重来。柳永也来了灵感，观潮之后，夜不成寐，第二天安步当车，重返海堤，倾心沉吟，填了一曲《望海潮》："东南形胜，三吴都会，钱塘自古繁华。烟柳画桥，风帘翠幕，参差十万人家。云树绕堤沙，怒涛卷霜雪，天堑无涯。市列珠玑，户盈罗绮，竞豪奢。　重湖叠巘清嘉，有三秋桂子，十里荷花。羌管弄晴，菱歌泛夜，嬉嬉钓叟莲娃，千骑拥高牙。乘醉听箫鼓，吟赏烟霞。异日图将好景，归去凤池夸。"

米芾携词带画一到汴京，便命其爱子——著名书法家米友仁将

《望海潮》抄写在画上。宋仁宗见画后，连声称好，说是难得的词曲书画四绝。让米芾重画一幅交给金国来使，这一幅就留在大内珍藏。

一曲《望海潮》，让早年就以“衣带渐宽终不悔，为伊消得人憔悴”而词名远扬，却因朝臣弄权屡遭冷落的柳永，再一次得到皇上的赏识起用。然而，天有不测风云，柳永做梦也没有想到，拥有三宫六院的仁宗皇帝会看上他的妻子，导演了一出君戏臣妻的闹剧。因未能得逞，仁宗皇帝终日耿耿于怀，不甘罢休。

也许是天妒奇才，恰在此时，有密奏说金主见了米芾之画并柳永之词后，勃发野心，发誓要夺取“有三秋桂子，十里荷花”的富丽江南，拥有这片神仙境地。这一来，正中处心积虑要加害柳永的一干人的下怀。在明枪暗箭之下，柳永再一次无端沦落，潦倒至极。一个凄风苦雨的秋夜，对窗抱影、孤独无眠的一代词坛奇才遭遇雪上加霜，被奸人投毒暗算。

自然的潮汐可以辗转轮回，有限的生命潮汐一旦遭遇潮落，便会一泻千里，在无穷无尽的岁月长廊中，永难回复。

陆游：墨痕犹锁壁间尘

在南宋的一个春日，诗人陆游信步而行，不知不觉来到了沈园。

春光无边，春色宜人，沈园的景致美则美矣，却驱不散陆游心中的孤寂。他想起了和表妹唐婉相处的那些日月，夫妻诗书唱和，感情深厚。然好景不长，唐婉不得陆母欢心，被迫改嫁，陆游自此在孤独寂寥中沉浮。

一阵清风吹过，送来了草香、花香，甚至夹杂着让陆游梦牵魂萦的伊人的体香。循着一路芳香走去，他看见了偕夫（赵士程）同游的她，她也看见了孤单落魄的他。

为表达对陆游的抚慰之情，唐婉召来一壶薄酒，几个菜肴，置于亭间，赵士程、唐婉、陆游三人一并坐下，沉吟之间，轻斟慢酌，各揣一份心思在心头。

十年啊，十年，这久别的重逢，带来的不是欣喜，而是绵绵无尽的创痛。物是人非，陆游内心深处五味翻腾，又怎能不怅然神伤。醉意朦胧中，他且舞且吟，在园壁之上写下了著名的《钗头凤·红酥手》，柔毫一掷之间，早已是肝肠寸断，泣不成声。唐婉一双秀美哀伤的眼睛，深情地凝视着感伤不已的陆游，也提笔蘸墨，一字一句，如杜鹃啼血，和下了哀婉凄艳的《钗头凤·世情薄》。

沈园一别，唐婉再也难得强作欢颜，无眠的长夜和凄凉的角声，挑拨着她的满腹愁怨。一个风雨飘摇的黄昏，她用细巧精致的越瓷酒杯斟满琥珀色的黄滕酒，望着窗外的一树残花，醉卧病榻，郁郁而去。

十年离别后沈园深情的一瞥，在陆游心中烙下了永难磨灭的印记。碧色绣襦，长裙曳地，秀美柔雅的唐婉啊，好在你的香魂还可以根植在多情才子陆游的心中梦中。四十年后，诗人重游沈园，含泪写下《沈园二首》:“城上斜阳画角哀，沈园非复旧池台。伤心桥下春波绿，曾是惊鸿照影来。”“梦断香消四十年，沈园柳老不吹绵。此身行作稽山土，犹吊遗踪一泫然。”

诗人生前最后一年的春天，仍由儿孙搀扶着前往沈园并留下七绝两首:“路近城南已怕行，沈家园里最伤情。香穿客袖梅花在，绿蘸寺桥春水生。”“城南小陌又逢春，只见梅花不见人。玉骨久成泉下土，墨痕犹锁壁间尘。”

长歌当哭，情何以堪！在南宋的又一个春日里，一枝梅花飘然落下。隔着梅花，诗人陆游终归没能握住风中那双冻得通红的小手。

崔护：掌心里的桃花

蜗居城市，常常想起乡村野外或梅红，或云白，或荷粉的美丽桃花，人间四月天，那最易见的桃花啊，云蒸霞蔚般在我的情感世界萦绕。记忆中，桃花是亲切的花，桃花是温馨的花，桃花是抒情的花，它总是在房前屋后，山坡沟壑，开得热闹非凡，到处都是。这春光中摇曳的桃花哟，它妖娆的花形，粉嫩的颜色，烂漫的蕴含，总在无知无觉中，让人生出许多绚丽圆满的遐想来。

走出户外，站在桃树丛中，摘一朵桃花放在掌心里，想到的是情之切切，看到的是春之妖娆。生而为人，又有谁，愿意错过这春光潋滟中梦境一般醉人的美丽呢？掌心里的桃花，它将生命的美丽和激情糅合在一起了，它将人生的妩媚和期待焊接在一起了，它将开放的短暂和不败的爱意溶化在一起了。

于桃花艳丽诗意的氛围中，忽地就想起了唐朝那则“人面桃花”的故事：清明时节一个难得的晴朗日子，崔护出门踏春，来到一处山坳，见桃花掩映中有一竹篱围成的小院，院落简朴雅洁。崔护走近柴门，叩门高呼：“小生踏春路过，想求些水喝！”吱呀一声，房门打开，开门的是少女绛娘。她虽布衣淡妆，眉目中却透出一股清雅脱俗之气。一刹那，崔护竟然有些发怔，绛娘呢，垂下眼帘，一脸娇羞，楚楚动人。就这样，春日的一个午后，一片被暖阳笼罩的桃林中，两个年轻人一见钟情。临别的一刻，崔护情不自禁摘了朵桃花带回家中，夹入了书页之间。为了学业，他不得不压抑着对绛娘的思念。

时光如流，又是一个春暖花开的晴日，灼灼桃花令崔护触景生情，回忆起去年春天的城南旧事，崔护再也无法压抑内心的冲动，一路快行来到城外寻往日旧梦。然走近茅舍，门上静静地挂着一把铜锁，他只得在桃林坐了下来，于暖阳之下静静等待，直到夕阳西斜，缤纷的花瓣落满了他摊开的掌心，仍不见少女归来。他怅然若失，捣了些桃花汁，在房门上写下了四行诗："去年今日此门中，人面桃花相映红。人面不知何处去，桃花依旧笑春风。"

这次寻访，没能见到绛娘，回家后，崔护茶饭不思。数日后，他再度往城南寻访。尚未走近茅舍，远远地听到茅舍中传出了苍老的哭声，不由心头一紧，加快脚步来到茅舍前，询问原委，才知道绛娘从亲戚家小住回来见到门上题诗后，痛恨自己错失机缘，以为与崔护今生再难得见，因此愁肠百结，一病不起。崔护知道绛娘用情如此之深，心痛欲裂，抱住断气不久的绛娘大声哭喊，泪流如注。这时，一阵暖风吹过，几瓣柔情万千的桃花落在绛娘的脸上，不大一会儿，绛娘鼻尖上的一瓣桃花轻轻扇动了一下，随之绛娘轻叹一声，在崔护的怀中悠悠醒来。

那一刻，崔护心底涌动着万千怜惜，他将那瓣昭示着生命回归的桃花，同绛娘的手一起握在了手心里。“桃之夭夭，灼灼其华。”此时此刻，谁能不清楚呢，他握住的，原本就是属于他生命中割舍不下的眷恋和爱情啊！

歌德：女人是海水，又是火焰

当今社会，尽管女性权利已经公平化，但是，男性对女性吸引力的评判，还是明显侧重于外表。对于女性的吸引力，歌德曾说：“我们之所以喜欢一个年轻的女子，并不是因为她有智力，而是因为她身上有许多其他的特点。我们喜欢她的美丽、年轻、调皮、爽直，喜欢她的性格，也喜欢她的缺点、怪念头，以及其他所有非言语所能描绘的东西。可是我们并不喜欢她的智力是出色的，如果她的智力是出色的，那么我们重视它，这样，在我们的眼里，一个姑娘可以获得无限的价值。如果我们已经喜欢上她，那么她的智力也许会把我们吸引住；但是，单靠智力是无法燃起我们的激情的。”

女人，在歌德的一生中，是海水又是火焰。歌德一生的爱情生活绚丽多姿，作品浩如烟海。是什么样的激情，让歌德拥有泉水般奔涌不息的作品？是生活，是爱情。歌德曾说：“他的作品包含着他生活中的全部的欢乐和痛苦，而且，完全像靡非斯特一样。”的确，他是在利用自己的艺术，把自己恶魔般的本性和暧昧不清的灵魂转述给了周围世界。

在歌德成长的关键时期，对他影响至深的，是有“精神教母”

之称的施泰因夫人。在施泰因夫人爱情的滋润下，歌德这一阶段的抒情诗达到了前所未有的高度。当时，他曾为施泰因夫人写了许多优美动人的情诗，《对月》是其中最有名的一首。诗人运用高超的艺术技巧和行云流水般的清丽语言，把对情人的钟情和对大自然的挚爱融合到一起，达到了水乳交融的境界。

歌德多情，却不能说是游戏爱情，他经受过爱的宠幸，也遭受过爱的挫折：苦恋不得的夏露笛，歌德给她写了1800多封情书，但最后她还是嫁给了魏玛掌马大臣，歌德一辈子都没能走出这段爱情的阴影；一见钟情的夏绿蒂，成了浪漫小说《少年维特之烦恼》里女主角的原型。据说歌德在舞会上看了人家一眼就此不能自拔，在小说中让维特给她殉了情才甘心。闪恋闪分的薛丽莉，如火如荼地爱着的一对恋人，忽然一天歌德就远离他乡，将她扔在那里不知所措。爱情，对歌德来说是那么司空见惯。可是，他从未在任何一段感情中找到“内心的平静”。他渴求内心的宁静，却从未获得。这一点，在他的小诗《游子夜歌》中有所体现。

人的激情不能以年龄界定，爱并非年轻人的专利，尤其对心中充溢青春幻想的作家。歌德到了晚年，仍不减对女性的爱，这种爱一次次激励着他的创作灵感。1821年7月，歌德第一次去马里恩巴德时，遇到十多年前见到过并对她怀有爱慕之情的封·莱韦佐夫夫人。在马里恩巴德的一座住宅里，他见到了她的三个女儿，大女儿乌尔里克美丽又文静，不但身材苗条、优雅，长着一双沉着镇定的蓝眼睛，还具有快乐而纯真的天性，她正是老诗人心中所爱的女子。有趣的是，这年正好 18 岁的乌尔里克，刚好成了歌德的第 18 个爱人。

歌德的一生，像浮士德那样，历经了追求爱情、追求美，最后走向社会实践的道路，饱尝了官能的享受、生的快乐、美的追求，也在事业中付出了巨大的努力。当然，他也像理想主义者浮士德那样，没有一种尝试和体验是感到满意的，他的生命，似乎永远处于一种欠缺状态中。有人说，这世上本没有什么歌德，有的只是夏露笛、夏绿蒂、薛丽莉、乌尔里克……这许多女人。是她们的爱情、尊敬、宽容、倾听、佳肴创造了歌德，是她们用宽厚火热的胸脯把歌德铸塑成人类文化历史的精魂。

普希金：一半是诗歌，一半是爱情

人类生活中，痛苦和欢乐无处不在。有人用片言只语，就深刻表达出心中的爱恨离愁，这就是诗。如今被大多数人置之脑后的，也是诗。生活为我们创造了诗，又迫使我们学会了遗忘——那些最精致的语言和心底最温柔的情感。

所有的艺术天才具有的痛苦和欢乐都颇具诗情画意。《我曾经爱过你》是普希金在遭受爱的痛苦时写就的一首小诗：我曾经爱过你，爱情，也许在我的心灵里，还没有完全消亡，但愿它不会再打扰你，我也不想再使你难过悲伤。我曾经默默无语、毫无指望地爱过你，我既忍受着羞怯，又忍受着嫉妒的折磨，我曾经那样真诚、那样温柔地爱过你，但愿上帝保佑，另一个人也会像我一样爱你。

爱情诗在普希金诗歌中占有很大的比重，普希金是个感情丰富，对爱充满幻想与追求的诗人，过着一半是诗歌，一半是爱情的生活。《我曾经爱过你》是他爱上彼得堡名门闺秀奥列尼娜引发出来的。早在皇村学校毕业之后，普希金就和奥列宁一家人熟悉了。奥列宁是老前辈，对普希金多方关怀。奥列宁的沙龙是彼得堡文学艺术名流聚会的地方，普希金很愿意在那里露面。普希金认识奥列尼娜时，她只有 16 岁。在一段风风雨雨的流放与禁居之后，普希金再次见到她时，她已经是 19 岁的窈窕淑女了。因为长期受到文学艺术的熏陶，奥列尼娜魅力四射，惹人喜爱。

普希金呼她为“我的天使”，用优美的诗句描绘她的眼睛、她的脚、她的外貌：一旦内心的灵感燃烧，是天才就应该全身心地，只为那青春和美丽倾倒。他说她的眼睛就像拉斐尔画中的天使仰望上帝那样闪着光辉。另一首诗中他风趣地写到她的脚：有一双小脚儿在款步行走，一绺金黄色的鬈发随风飘动。奥列尼娜很有音乐才华，有一天，她演唱格林卡改编的格鲁吉亚曲调，普希金倾听时大受感动，浮想联翩，当即写成了《美人儿啊，不要在我面前唱起》。

爱情激发了诗情，诗歌让普希金成为俄罗斯民族文化的太阳。《我曾经爱过你》这首小诗，便是普希金爱上奥列尼娜却遭到她父亲的拒绝后写就的。尽管奥列尼娜对普希金表白，说他是她所见到的最有趣的人。但普希金写下这首诗后，还是带着一颗破碎的心很快离开了彼得堡。在普希金的世界里，拥有一份美丽，可以让一个人不再冷漠。而爱一旦变为冒犯，远离便是保持对心上人忠诚的最可靠方式。因为在他看来，活着的忠诚在年轻、美貌、活生生的身体面前总显得苍白无力。

裴多菲：永不荒凉的额头

爱过、崇拜过一些诗人，从少年时代就开始了。比如普希金、拜伦、雪莱、裴多菲……裴多菲就是最让我上心的一个。当然，不仅仅是因为他的诗。

特爱裴多菲诗作《我愿意是急流》，真正感受这首诗从电影《人到中年》开始。不知是受傅家杰、陆文婷之间爱情故事的感染，还是这首诗自身独有的魅力，或者是因为影片中感人的情景、动人的音乐以及丁建华十分投入的朗诵。总之，自80年代《人到中年》这部影片公映后，这首诗就一直深藏在我的记忆中。

“我愿意是废墟，在峻峭的山岩上，这静默的毁灭，并不使我懊丧……只要我的爱人，是青青的常春藤，沿着我荒凉的额，亲密地攀缘上升。……”常春藤亲密地攀缘着荒凉的额头，向上延伸……这个镜头，永远定格在我的情感世界里。应该说，真正经历过人生苦难的人，才会有如此执着固守、催人泪下的情感。冷落萧瑟、凋敝残败的“急流、荒林、废墟、草屋、云朵、破旗”和“小鱼、小鸟、常春藤、火焰、夕阳”之间鲜明的反差，流露出诗人纯洁坚贞、博大无私的爱。诗人眼里，不管自身的处境多么险恶，命运怎样坎坷，只要同“我的爱人”在一起，只要“我的爱人”能够自由幸福，也就拥有了战胜一切困难的勇气和力量。

裴多菲的诗不是躺在象牙塔里的无病呻吟，他的每一首诗都包括对爱情的吟唱，都是战斗的，有着超越流俗的气韵，它可以激发一个人内心深处的激情。鲁迅为裴多菲写过很多文字，调子激昂，气势恢宏，好像在呼应着诗人发出的宣言。他礼赞裴多菲，缘于裴多菲独立的人格、个性的精神。鲁迅以为，裴多菲的文章和诗，和蝇营狗苟的精神无缘，那里的真与诚，写着人性中最迷人的一隅，读起来是快慰的。像裴多菲这样的人，“无不刚健不挠，抱诚守真，不取媚于群，以随顺旧俗，发为雄声，以起其国人于天下”。

裴多菲的诗歌韵味之悠长，想象力之高远，是他人所不及的，有着他人少有的境界。除了激情之外，他是敢于将生命亮色亮在暗处的人。那颗闪光的灵魂，以夺目的光亮，照耀着孤苦的人们，引导人们在黑暗中前行。正因为这样，任何时候，他智慧的额头，才会在时间的长廊里，攀附着青春的藤蔓，永不荒凉。

欧·亨利：温馨背后的悲怆

以短篇小说著称的欧·亨利，同许多艺术名家一样，善于将自己置身于生活漩流中。成名后，他还是经常出入贫民窟、小酒馆、下等剧场，将自己当作纽约400万小市民中的一员，而不是400位富翁之列。他存世的众多短篇小说中，描写纽约曼哈顿市民生活的作品最多。他的妙笔，将人生百态、社会万象点染得生动逼真。

将自己置身于美国下层社会的欧·亨利，十分了解普通市民的生活，他们辛酸的生活，正是他创作的源泉。在一家小酒店里，一对年轻的贫穷夫妻给他讲了这样一件事：新婚后的第一个圣诞节来临之际，这对夫妻为了送给对方一份钟爱的礼物，都做出了爱的牺牲。妻子为了送给丈夫一只表链，不得不忍痛卖掉那一头褐色小瀑布一样奔泻闪亮、美丽得使希巴女王所有的珠宝和礼物都相形见绌的金发；而丈夫深知爱妻为了装扮头发对百老汇路橱窗里陈列的玳瑁发梳渴望已久，便不惜卖掉了那只三代祖传，让所罗门王看了也会吹胡子、瞪眼睛的金表。然而，当他们兴致勃勃地将礼物赠送给对方时，才发现它们已经失去了实用价值。虽然如此，但他们都得到了爱的慰藉——那是患难之中竭尽所有奉献给对方的一颗纯净而高贵的心，这颗心使他们彼此触摸到人生中最值得珍重的爱之温馨。欧·亨利将这个故事精心打磨，写出了传世之作《麦琪的礼物》。

居上流社会有绅士风度，处下层社会纯粹如小市民的作家欧·亨利，常常能够在绅士与小市民之间找到写作的切入点。在《两位感恩节的绅士》这篇作品中，他通过描写一位老绅士和一位常年受饥饿折磨的穷人之间，为饯行感恩节的约定而发生的故事，展示了人与人之间温馨和谐美好的一面。第十年的感恩节，穷人照旧走在去约会地点的路上，出乎意料的是，半路上，穷人被一幢住宅的管家请进门去享受一顿丰盛的大餐。原来住宅的主人——两位老太太，也有一个奇怪的传统——在正午把第一个饥饿的路人请进门，让他饱餐一顿。饥饿的穷人挡不住食物的诱惑，敞开肚子吃了起来。当他心满意足地走出住宅时，想起了和老绅士的约定，便如约与老绅士碰了面。老绅士将他带到了一处餐厅，穷人为了不扫老绅士的兴，只能装作饥饿难耐的样子吃了起来。吃完付账道别后，两人在回家的路上都晕了过去，被人发现送进医院。原来，穷人因为吃得太饱，差点儿撑破了胃；而老绅士，一位一夜之间成为穷光蛋的富翁，为了在感恩节让穷人饱吃一顿，竟然三天三夜没吃东西。

欧·亨利善于捕捉生活中每一个富有哲理意味的人生场景，用鲜活的笔触刻画出人物的性格特点，在较短的篇幅内展现情理之中的生活细节，他的作品总是在结尾时给人一个意想不到的结局，让人再三回味，难以释怀。可以说，他笔下的故事源于生活，寓于心灵，有血有肉，有相当一部分是温馨的甚至是圆满的，但每一个撼动人心的故事的背后都有着旷世的悲怆。他的文字，是用情感的色泽与人格的光芒编织的；他笔下的美丽芬芳，是在泪水的浸泡中无语地开放的。

亚米契斯：让我们相约去看海

意大利作家亚米契斯在《爱的教育》一书中，所描述的亲子之爱，师生之情，朋友之谊，乡国之感，几近于理想境界。少儿科普作家叶至善在该书译本序言中，饱含深情地说，教育之水就是情，就是爱，教育没有了情爱，就成了无水之池，任你四方形也罢，圆形也罢，总逃不脱一个空虚。

这空虚，亚米契斯在书中作过这样的描述：小主人公安利柯在居住的地方，经常看见一些默然沉思的人。有的坐在山崖上，似在看海却一脸茫然；有的靠在崖坡边，纹丝不动躺卧着在思忖什么；有的坐在沙滩上兀自沉想，忘记了潮水的涨落，忽略了日影的移动。从这些默然沉思的脸上，他感受到了人世间奇异的情感和莫可名状的悲哀。如果是诗人或是画家，也许他们在追求什么无限的东西。可他们确凿无疑都是普通人，倘若不是有什么烦恼，那一定有着无边无际的空虚。

事实上，他们并非失去了工作、没有糊口的去处，才来这儿消磨光阴的。只因为人是一种情感的活物，光有劳动是不够的，有时需要的是无目的地思考，需要在海边茫然地观望或消遣。这样沉思默想着的人在我们的世界无处不在，有年老的、有年轻的，有一无所知的，也有大智大慧的。无论是什么人，心里都有所思虑，与其说在思虑，不如说是忘了自己，在追求无限的东西，进入了人生的真空状态。为什么会看海呢，因为大海渺渺无边，始终摇摆动荡着，很有诱惑力。看海看久了，那手不能触目不能见的无限之感，就会悄然入心——这正切合人们超越自我、追求永远无限的心态。

我们所处的世界，挤塞着熙熙攘攘的人流，嬉笑怒骂，千姿百态，各有各的思想，各有各的希望，各有各的悲欢。世人在人生之波中漫游的时候，有游得乏力在半途溺死的，有一生尽力最后筋疲力尽的，有为不曾意料到的怒涛所袭，冤枉丧了生命的。即使这样，人人还是努力地在人生之波中，打造着自身的价值。只是有些人受了打击，再也抬不起头来；更多的人却能从怒涛下冲出，巧捷地继续畅游。

是人都有理想追求，是人都想实现自身价值，但不是所有的理想追求人生价值都可以实现，因为人生之波充满了狂放的躁动。只有在浩阔无际的大海面前，人生的躁动才显得微不足道。大海之水隐蔽着不安定因素，却也饱含着深情，它给予人类一种暗示性教育。正因为这样，在澎湃的大海面前，再愚鲁的人都可以成为诗人，再怯懦的人都可以获取力量。

高尔基：闪电一样的预言

重温高尔基的散文诗《海燕》，有一种强烈的震撼。作品描绘了暴风雨到来之前，海上风云变幻的壮阔情境，以及想象中高傲飞翔的海燕。通篇渗透着作者渴望用战斗迎来光明前景的炽烈感情，动人心魄，扣人心弦。

高尔基是在人生苦难中挣扎过的人，也是个善于用苦难激励自己的人。他原名叫阿列克塞·马克西莫维奇·彼希可夫。24 岁那年，他完成了短篇小说处女作《马卡尔·楚德拉》。小说反映了吉卜赛人的生活，情节曲折生动，人物性格鲜明。《高加索日报》编辑见到这篇来稿时十分满意，便通知作者到报馆。一见到高尔基，编辑便大为惊异，他没想到，写出这样出色作品的人竟是个衣着褴褛的流浪汉。编辑对高尔基说："我们决定发表你的小说，但稿子应当署个名才行。"高尔基沉思了一下说道："那就这样署名吧：马克西姆·高尔基。"在俄语里，"高尔基"是"痛苦"的意思，"马克西姆"是"最大的"意思。从此，他就以"最大的痛苦"作笔名，开始了自己的创作生涯。

他的早期创作生涯中，浪漫主义和现实主义并存，作品多为短篇。有一部分作品以黑暗与光明的强烈对比，歌颂向往光明及为人民大众的利益献身的英雄人物，具有鲜明的浪漫主义特色；有一部分作品根植在现实土壤上，如《切尔卡什》《柯诺瓦洛夫》和《因为烦闷无聊》等小说，就着力真实具体地描写了下层人们的苦难生活，表现了他们对现实的愤怒情绪。长期的创作实践之后，他创作了自传三部曲:《童年》《在人间》《我的大学》，不仅反映了作家本人的生活经历以及接受马克思主义以前艰苦的思想探求过程，还广泛地概括了19世纪70—80年代的俄国社会生活，描写了劳动人民的悲惨生活和遭遇，歌颂了他们的优秀品质。

散文诗《海燕》是他早期浪漫主义创作的总结性作品。全诗以象征性艺术手法，再现了1905年俄国群众运动的蓬勃发展，并通过海燕的形象欢呼革命风暴的到来:“在苍茫的大海上，狂风卷集着乌云。在乌云和大海之间，海燕像黑色的闪电，在高傲地飞翔。”诗歌开篇就以强烈的浪漫主义色彩，以势不可当的气势，勾画出一幅有声有色、汹涌澎湃的画面，让人一下子就沉浸在他对海燕的描述和理解之中。

一直读下去，能深刻感受到的是一种跌宕激荡的情感。那叫喊着的、闪电一样在乌云和大海之间飞翔着的海燕，以高傲的、勇敢的、自由自在的姿态，搏击在乌云和大海之间，在那声经典的极具感染力的“让暴风雨来得更猛烈些吧！”的呐喊声中，精灵一样的海燕，闪电般飞进了每个读者的灵魂深处。

在高尔基眼里，再怎么恶劣的环境，乌云都遮不住太阳，阳光总是存在的。正是带着这样一种情感，他才得以用自己的笔，塑造出了自己心中以及劳动人民心中的精灵，为一个时代留下了闪电一样的预言。

托尔斯泰：智慧在路上

人生是一种在路上的状态，平安平静只不过是人生路上小憩时的心灵驿站。人类的智慧不是先天就有的，而是在长长短短的生命之路上获取的。当我们踩着时间的落英，付出心血和汗水追求着、探索着的时候，智慧就像润物细无声的春雨，悄无声息地潜入我们的生命之中。我们在路上无怨无悔地延伸着美丽人生的时候，智慧的火花从未间断。

俄国文学大师列夫·托尔斯泰，是在路上辞别人间的。千篇一律的说法认为：托老因对 19 世纪后半叶俄国社会的种种矛盾感受太深，以致陷入了极大的痛苦之中。82 岁那年他离家出走时，日记中有这样一段话："不能再睡，我突然做出了出走的最后决定……终于出发了，我觉得自己挽救了自己。"的确，他有过极大的痛苦，不仅仅因为俄国社会的种种矛盾，更深层的原因是他觉得自己的智慧在枯竭，明知社会存在的种种矛盾，却苦于找不到很好的解决办法。为着终身与美丽的智慧相伴，他只得索性走出家门在路上作苦苦的寻求。他十分清楚，路上的智慧最能够突破时间和地域，只有在路上才能够与本真的美丽智慧邂逅；只有在路上才能获取最直接的感触；只有在路上才能想人类所想、思人类所思；只有在路上才能真正找回自我。托尔斯泰因痛苦而离家出走，但他的离家出走是一种在路上的人生智慧。他虽然抱憾至死——始终觉得自己没有做到自己想做的事——但他交出了生命，这正是他有别于常人的伟大之处。

路上的寻求势必将自己置于不安逸，它不是走马观花，不是游山玩水；它摒弃了坐在书房里的自得和悠闲，却有着直面现实、直面生命，让脚步和身心融入自然智慧的豪壮。既可不失时机地感受生命旅途的劳顿和艰辛，又能亲历笔力难及的人文景观和民风民俗。这样的人生状态，在内心深处产生的巨大而强有力的生命震荡，自然蕴藏着势不可当的大智大慧。

让·雅克·卢梭和亨利·卢梭：锁不住的光芒

以《爱弥儿》《忏悔录》著称的作家让·雅克·卢梭（1712—1778），曾在最后的杰作《孤独散步者的遐想》这本书中写过这样一段话："我在世间就这样的孑然一身了，没有兄弟，没有邻居，没有朋友，没有社交圈子。我这个最愿与人交往，最有爱心的人竟受人们的一致排挤。"

孤寂的日子，他走进大自然母亲的怀抱寻求庇护，经常漫步在巴黎近郊，以采集植物标本为乐。就像一只衰老的、悲鸣着的夜莺在寂寥的林中发出低低的鸣唱。那些日子，他不可救药地单恋过，但他的一片痴情最终幻灭成悲凉的泡影。圣勃夫在评价作家卢梭时这样说："对我们——不论理智要向我们说什么——对一切秉承了他的诗人气质的人，没有一个不为他对青春的描写，对大自然的热爱，并作为第一个为我们的语言，创造了对遐想的表达方法，而不爱上让·雅克的。"

法国另有一位鲜为人知的巴比松风景派画家亨利·卢梭（1812—1867），他因家中贫穷，没能进入学院学习，因此受到当时的学院派掣肘。在执着绘画的二十余年中，批评家对他只有冷嘲热讽，他的作品每年被沙龙的审查委员会拒绝。于是，这个“业余画家”的日子，完全消磨于野外。他的感觉和想象，让他听到树木的声音，森林的喁语；让他可以解读花的姿态所蕴含的意义与热情。有一次他在田间工作遇到一个朋友，他说：“这是多么愉快的事情啊！我愿永远这样生活于静寂之中。”和人的接触愈少，和自然的接触也就愈多；他不愿与人交往时，便去和自然对话。在极度的孤独之中，画家卢梭迎来了野兽派和立体派诞生的年代，巴黎的艺术潮流，出现了反学院主义、追求前卫的趋向。这时，个性的创造受到容许，素人画家跃上艺坛，朴素派绘画受到艺评家和文学家的重视。用艺术阐述人的原始本性，成为朴素派的美学特征。终于，亨利·卢梭这个未受过学院训练的“业余画家”得到了毕加索、马蒂斯和前卫艺术护道诗人阿波里奈尔等人的推崇。阿波里奈尔曾经这样说：“卢梭的画是狂乱之后的伟大和谐，是抒情诗，是心灵境界的艺术表现。”

作家卢梭和画家卢梭的一生都是悲凉的，他们的生命涂抹着悲剧色彩，带着潦倒意味。他们相隔一个世纪，但一生的大部分时间如出一辙地处在烦恼和困厄之中。他们所从事的艺术不约而同地被人误解。烦恼和苦闷充塞着他们的生活，让他们无可奈何、不可名状地陷入一样的孤独之中。然而孤独掩盖不住他们的光芒，他们杰出的思想艺术表现，终究漂过历史的长河，来到了我们今天的生活之中。

伦纳德与伍尔芙：智慧之爱

“生命的意义是什么？……伟大的启示从未显现过。替代它的是小小的日常生活的奇迹和光辉，就像在黑暗里出乎意料地突然擦亮一根火柴，使你对于生命的真谛获得一刹那的印象……”英国女作家弗吉尼亚·伍尔芙的小说《到灯塔去》中的这些文字透露出来的智慧，常常会让宁静的生命隐隐泛起或明或暗的躁动。

伍尔芙是个谜一样的作家。她曾说：“生活并非一组匀称排列着的轻便马车的车灯；生活是一圈明亮的光晕，是从我们的意识萌生起到其结束为止始终包裹着我们的一个半透明的封套。”她正是在这种半透明的谜一样的状态中，展现着生命中超凡脱俗的智慧。

因为倾慕伍尔芙的超凡智慧，毕业于剑桥大学的伦纳德爱上了她。尽管伍尔芙视婚姻为“丧失自我身份的灾难”，认为“爱情宛如壮丽的火焰，必须以焚弃个性的珍宝为代价”，但她并不拒绝精神之爱。然而伍尔芙只是一味地沉溺在精神之爱中，自始至终激发不出半点儿世俗的情欲色彩。在这种一厢情愿的情况下，伦纳德开始一心一意追求对伍尔芙的精神之爱，他这样做唯一的理由就因为在他心目中“她是个天才”。这样一来，伍尔芙完完全全被伦纳德折服了，对他一直怀着从未有过的感激之情。她认定伦纳德就是自己生命中隐藏的核心，是她创造力的源泉。她曾坦率地告诉一位密友，没有伦纳德，她可能早就开枪自杀了。这份精神之爱一直维持到 1940 年。如果没有德国空军对英国实施“海狮”和“月光奏鸣曲”行动，就不会给伍尔芙带来生命中无法忍受的重创。那一年，她在给友人的信中写道：“我生命的激情，就是伦敦城。……看见伦敦整个被摧毁，这太刺痛我的心了！”翌年，59 岁的女作家弗吉尼亚・伍尔芙跳入乌斯河的激流，她沉入了水底，沉入了生命的黑暗和神秘的本原之中。印证了自己曾说过的一句话：“我会像浪尖上的云一样消失。”在投河自尽前她留下字条，说自己毕生的幸福来源于她的丈夫伦纳德。

在生命缓缓沉淀到岁月纵深处，再也听不见鸟儿的歌唱，闻不到白玉兰的馨香，看不见枝头透绿的新芽的时候，伍尔芙展现在我们面前的精神之爱还在，智慧之花还在，它们幻化出可以照彻人心的不朽的光亮，优雅地穿梭在一代又一代人热切的怀想和坚实的记忆中。她仿佛在说：“死是另一种形式的生，只不过这种形式更有利于彰显独特的智慧和炽热的爱情。”

第二辑

拿起画笔和雕刀，让美丽停留，让灵魂歌唱

睡眠是甜蜜的，成为顽石更是幸福

只要世上还有罪恶与耻辱

不闻不见，无知无觉，于我是最大的快乐

不要惊醒我，讲得轻些吧。

——米开朗琪罗

怀素：芭蕉叶上的舞蹈

读过一幅题为《怀素芭蕉狂草图》的画，主人公自然是怀素。知道和了解怀素，是从这幅画以及画中怀素握笔的形象开始的。

怀素自小入庙出家，但他酷爱书法，尤其是狂草。刚开始学习书法时，因没钱买纸，他就找来木板，将木板抛光后在上面练字，多日后竟将木板写穿。抛光的木板有限，他便在具有湿润地域条件的土地上，种了许多芭蕉，传说在一万余株以上。一有闲暇，他就来到芭蕉树丛中，在芭蕉上纵横挥洒。因为芭蕉树的缘故，他将自己的居所取名“绿天庵”。

怀素极为用功，对于书法的痴迷状态无人能敌，他用过的废弃的笔头竟集结成堆，后人将这个“笔堆”形象地称之为“笔冢”。因为刻苦，怀素在二十多岁时已经很有名气了，但他自觉功力欠缺，见识短浅，远没有穷尽书法的奥妙，便决定云游四方，拜谒名师，祈求得到名师指点。

当时在京城长安的“草圣”张旭已是名满天下的草书大家，怀素就打算拜张旭为师。可是当怀素千里迢迢来到长安时，却未能见到“草圣”张旭，一问，才知道张旭回到故乡吴郡去了。怀素非常遗憾，好在有幸结识了殿中侍御史颜真卿，颜真卿也是一代书法名家。与此同时，怀素也见到了表兄曹邬彤，颜真卿和曹邬彤都曾得到张旭的书法真传，怀素便通过他俩探求“草圣”秘诀，这两位毫不保留，悉心传授，怀素自是大有收获。

怀素在曹邬彤处居住了将近一年，一天夜半，曹邬彤向他说起从张旭那里听来的两句话：“孤蓬自振，惊砂坐飞。”怀素听后欣喜若狂，连叫十数声：“得之矣，得之矣……”怀素辞去时，曹邬彤又将圆活姿媚、遒劲有力的“古钗脚”秘诀传授予他。怀素又在颜真卿处住了许多时日。一天，颜真卿对他说：“草书一道，必须在师授之外，自己有所领悟，不知你表兄有否？”怀素说：“‘古钗脚’是他的体会。”颜真卿笑而不语，数月后，怀素辞行，颜真卿才说：“古钗脚何如屋漏痕？”怀素一听，激动得和颜真卿拥抱在一起，颜真卿又问道：“你自己有什么体会呢？”怀素说：“贫僧观夏云因风变化，奇峰迭起；又见墙壁圻裂之痕，无不自然。”颜真卿听后大加赞赏：“草圣之妙，代不绝人。”

怀素得了真传，益发勤勉，芭蕉叶写了一茬又一茬，手中笔秃了一支又一支。功夫不负苦心人，经历了千万次芭蕉叶上的舞蹈之后，他终于进入了挥洒自如、出神入化的地步。一出笔，那盘旋、狂放、多变的书法狂草便如龙蛇般活灵活现，可谓是笔法瘦劲，飞动自然，率意颠逸，如骤雨旋风，似烟云灵动。观赏怀素狂草，米芾曾叹曰：“如壮士拔剑，神采动人，回旋进退，莫不中节。”诗仙李白看了怀素的狂草，更是不能释怀，写下了著名的《草书歌行》：“少年上人号怀素，草书天下称独步。墨池飞出北溟鱼，笔锋杀尽中山兔。八月九月天气凉，酒徒词客满高堂。笺麻素绢排数厢，宣州石砚墨色光。吾师醉后倚绳床，须臾扫尽数千张。飘风骤雨惊飒飒，落花飞雪何茫茫。起来向壁不停手，一行数字大如斗。怳怳如闻神鬼惊，时时只见龙蛇走。左盘右蹙如惊电，状同楚汉相攻战。湖南七郡凡几家，家家屏障书题遍。王逸少，张伯英，古来几许浪得名。张颠老死不足数，我师此义不师古。古来万事贵天生，何必要公孙大娘浑脱舞。”

有了心手相应，才有“骤雨旋风，声势满堂”。可以说穿越岁月长廊的怀素狂草，是最能让人了悟“忽然绝叫三五声，满壁纵横千万字”的境界的。

李邕：碑铭仙手

李白有一首诗《上李邕》：“大鹏一日同风起，扶摇直上九万里。假令风歇时下来，犹能簸却沧溟水。时人见我恒殊调，闻余大言皆冷笑。宣父犹能畏后生，丈夫未可轻年少。”这首诗，表达了李白对书法家李邕的赞誉之情。

李邕少时在咸宁东南30公里钟台山石室读书习字，天然石室位于山腰处，冬暖夏凉，深惬人意，侧临桃花泉，近傍古木溪。成天面对石壁读书习字，这似乎是冥冥之中的一种安排，这些时日的浸润，造就了他集才气、正气、锐气于一身的性情，造就了他舒展遒劲、险峭爽朗的笔法，注定了他一生一世的碑刻情结。

传说有一次李邕骑马于七星岩北郊游玩，被七星岩的美景感染，一时兴起，飞鞭策马奔驰起来，马在飞奔时，一脚踩在了一块平展的石头上，火星四溅。李邕下马看时，发现这石块上竟留下了一深深的蹄印。面对这方石块，他不舍离去，便将游览七星岩的感受写成一篇三百八十字的短文，刻在了这方石块上。这个碑铭朴素雄健，字体结构严谨端庄，笔画刚劲有力。后来，人们把这块石刻形象地称之为“马蹄碑”。

李邕的书法以碑版为多，高似孙《纬略》记载，李邕所书碑版达八百通之多，他所书碑版几乎都是自己撰文。李邕一生书写过的众多碑铭中，以《麓山寺碑》最为精美。《麓山寺碑》是唐开元十八年的作品，署李邕撰文并书，黄仙鹤刻石。碑高近 3 米，宽 1 米多，碑额阳文篆书“麓山寺碑”四个大字，碑文一千四百余字，骈散文体兼用，叙述了麓山寺自晋泰始年间（265—274）建立至唐开元十八年立碑时 500 年来历代兴废修葺、禅师宣扬佛法以及岳麓山的佳丽风光。此碑词句华丽，笔法挺拔，气势纵横，笔力雄健浑厚，集汉魏碑铭之长，如五岳之不可撼。黄庭坚评论说：“气势豪逸，真复奇崛，所恨功力太深耳。少令功损相半，使子敬复生不过如此。”由于此碑的文采、书法、刻工都精湛独到，所以人们又称它“三绝碑”。“三绝碑”在我国古代碑刻艺术中声誉甚高，后起书法大师如苏轼、米芾等都沿袭其法，赵孟頫自言，“每作大字一意拟之”。自古至今，文人墨客游览岳麓山，都要观摩此碑，留下了吟咏的诗篇。

李邕存世的作品，总体来看，骨力内含，结体欹侧，左低右高，奇趣横生，而且奇而能稳，这与其字体始终保持中间的直立及重心偏低有关。他的作品从“二王”入手，能入乎内而出乎其外，力脱二王窠臼，张扬个性风格，高举创新大旗，务求别开生面。他曾经告诫当时学他书法的人：“学我者死，似我者俗。”据王僧虔说，由八分字轻书而成的飞白体，就是李邕在鸿都门见匠人用蘸着白粉土的扫帚刷匾额，从中受到启发创造出来的。魏晋以来，碑铭刻石都用真书撰写，入唐以后，李邕改用行书，名重一时。后人受其影响，也多采用行书写碑。欧阳修说："余始得李邕书，不甚好之，然疑邕以书自名，必有深趣。及看之久，遂为他书少及者，得之最晚，好之尤笃。譬犹结交，其始也难，则其合也必久。余虽因邕书得笔法，然为字绝不相类，岂得其意而忘其形者邪？因见邕书，追求钟、王以来字法，皆可以通，然邕书未必独然。凡学书者得其一，可以通其馀。余偶从邕书而得之耳。"这段话道出了他从"不甚好之"到"好之尤笃"的过程。无独有偶，明人王世贞也说过类似的话："李北海书翩翩自肆，乍见不使人敬，而久乃爱之。"苏东坡、米芾都吸取了他的一些特点，赵孟頫也极力追求他的笔意，从中学到了风度闲雅的书法境界。

观摩李邕存世的作品，你不能不被他书法的刚强雄健、气度从容、倜傥奇伟、凌厉无前所折服。可以说，他是在用豪气与才气驱使笔墨，倾一腔心血才完成了一幅幅艺术佳构。这样非凡的功力，与他年少时在钟台山石室的磨砺大有关联。他挥锤持錾，躬身注目，挥汗忘情的神态，穿越时空长廊，通过这些碑铭，刻在了后人的心中。

钟繇：盗墓的书法家

三国时期著名书法家钟繇，年轻时曾与叔父钟瑜一起进京，途中遇一仙人，说："这个孩子命里富贵，但有一次被水淹的厄运，一定要注意。"果然，走了不到十里地，马匹受惊，钟繇连人带物翻落水中差点儿被淹死。钟瑜想到算命先生说过的话，认为钟繇将来一定会有出息，便悉心培养。钟繇果然不负厚望，被当时颍川太守相中，举荐为孝廉，做了尚书郎。后来随曹操征伐天下，功勋卓著，受到重用。

功成名就的钟繇执着于书法，几近痴狂。他曾经在抱犊山修炼三年，为了练好书法，将山中的石头、树木都写成了黑色。有一次，他和曹操、韦诞等人谈论书法用笔，兴之所至，睡前还不断地心摹手画，竟将被子划破了几个洞。

钟繇与好友荀攸一同看面相，相面大师朱建平说："荀君虽少，然而当把后事托付钟君。"钟繇听后玩笑着说："荀君的后事若由我料理，我首先娶了他的小妾阿鹜。"没承想钟繇的玩笑话竟然成了现实。荀攸早死，临终果然将家小托付钟繇。看到荀攸的妻妾儿女无人照料，钟繇做主将阿鹜嫁了出去，并说："我将阿鹜嫁出去，就是要让她过上美满幸福的日子。”但阿鸾嫁给了谁，后来的境况如何，不得而知。

与钟繇同一时期的书法家韦诞，手头有东汉大书法家蔡邕的“笔论”，蔡邕的书法极妙，被时人推崇为当朝第一书法家。钟繇向韦诞借阅这本“笔论”，韦诞不肯，三番五次拒绝，钟繇气得情急失态，捶胸顿足，以致昏厥而气息杳然，幸亏曹操用五灵丹救了他一命。尽管如此，韦诞仍是心如铁石，不理不睬，钟繇为此伤透脑筋。韦诞过世后，钟繇便派人掘了他的墓，取得“笔论”，反复研究，终于洞悉用笔奥妙。

钟繇晚年，常数日不朝，有人问他原因，他说：“常有好妇来，美丽非凡。”有人提醒他，这不是人，肯定是妖孽，你得把她除了。即日晚上，妇人又来找钟繇，不敢向前，站在门外。钟繇问她为什么不进来，妇人说：“您想杀死我。”钟繇说：“没有的事。”说完殷勤邀请，于是妇人进入房间。钟繇想把她杀了，但是感到杀死她十分遗憾，而且又下不了手，但最终仍砍伤了她的大腿。妇人立即跑了出来，用衣中棉絮擦血，血流满路。第二天钟繇派人沿着血迹去寻找，结果找到一座大坟墓中，棺中有一个漂亮的妇人，栩栩如生，穿着白绸衣衫，坎肩上绣有花纹，左大腿受了伤，妇人用坎肩儿中之棉絮擦过腿上的鲜血。原来，这漂亮妇人是钟繇盗墓时惊扰过的亡魂，这亡魂不是别人，正是死也惦记着钟繇那句玩笑话的阿鹜。

钟繇盗墓，只是传说，但他的书法成就绝非妄传，可以说，他的隶书、行书、八分草书堪称人间妙品，点画之间，刚柔兼备，灵动古雅，幽深无际，实属神来之笔。

王羲之：习书与观鹅

东晋大书法家王羲之，自小习书，异常勤奋，就是在走路的时候，也不忘用手指比画练字，日子一久，衣服划破了，手指起茧了。

他的勤奋不止四乡八里知道，连仙家也洞悉了。一天深夜，王羲之在灯下练字，因为太疲倦，握笔伏在了案上。迷蒙中，一阵清风吹来，随之一朵白云飘然而至，云朵上有一位鹤发童颜的老者，笑呵呵地说："字写得不错嘛！"王羲之一边让座，一边谨慎回应。见老者细细观赏着自己的字，便谦恭地说："老人家多多指教啊！"老者说："看你诚心习字，让你领悟一个笔诀吧！"说完，在王羲之手心写了一个字，飘然而去。王羲之一看手心，是个"永"字，他比呀画呀，写呀练呀，终于领悟了：横竖钩，点撇捺，方块字的笔画和构架的诀窍，全在这"永"字之中了。此后，王羲之练得更勤奋，书法日益精进，名气也越来越大，他写的字被人们奉为至宝。

如果说"习书"是王羲之的第一嗜好，那么"观鹅"算得上他的第二大嗜好了。他弃官离开京城后，来到了风景宜人的江南，在绍兴一带居住。那些时日，他经常漫步在水乡泽国，观察群鹅。那些悠闲自在的鹅群啊，牵引着他的想象，丰富着他笔端的意蕴。在他眼里，一只又一只白鹅，羽毛洁净美丽，体态雍容华贵，无论是浮游的、高歌的还是嬉戏的……都使他为之沉醉，不能不为之着迷，常常一看就是一整天。

有一天，他惊喜地发现，有只鹅长得不同寻常，它的羽毛像雪一样白，顶冠像宝石一样红，尤其是叫声分外悦耳动听。他非常喜爱，立即派人到附近去打听，想把这只鹅买下来，就是多出些钱也在所不惜。可听人说鹅的主人是一位白发苍苍的孤老妇人，只有这只白鹅相伴时，王羲之便打消了买这只鹅的念头。但他实在对这只鹅有着异乎寻常的喜爱，便决定登门拜访，以进一步揣摩这只鹅的行动体态。怎么也没想到，老妇人在听说王羲之要来时，高兴得不得了，觉得没什么像样的菜肴待客，便把心爱的白鹅杀了。王羲之在惋惜之余，感动于老妇人的盛情，便让人取来墨笔，在自己随身携带的六角竹扇上再添新墨，交给了穷苦的老妇人。

因为名气使然，想得到王羲之墨宝的大有人在。山阴有一道士，想得到一卷王羲之手书的《道德经》。他知道，王羲之是不会轻易替人抄写经书的，但他知道王羲之喜欢白鹅，便精心饲养了一批品种特好的白鹅，并有心让王羲之得知。王羲之听说道士家有好鹅，也就惦记于心了。一日，他来到道士住处，见池水之中一群白鹅在水面上悠闲地浮游、嬉戏，阳光映照下，洁白的羽毛映衬着高高的红顶，实在逗人喜爱，让人流连难舍。王羲之看着看着，再也挪不动脚步了，就让人去找道士，要买下群鹅。道士一见王羲之，笑着说：“王公如此喜爱，我将群鹅全部送给您好了，只是有一个小小要求，请您替我抄写一卷《道德经》。”王羲之二话没说，给道士抄好他要的经卷后，高高兴兴地带走了道士的群鹅。

如果说，勤奋造就了王羲之的绝妙书法，那么可以说，观群鹅，才有了王羲之书法的变化多姿。

李唐：摆地摊的画家

南宋李唐 37 岁时就是有名的画家了，曾有一位毕文简公偶得唐朝名画孤本《邢和璞司房次律图》，为防患于未然，其后人着意将此图复制为别本予以收藏，请来当时年仅 37 岁的李唐临摹，李唐未加推辞，很快就完成了临摹工作。毕文简公的后人收到临摹图，竖起大拇指评价说："如出一辙，别无二致。"

宋徽宗政和年（1111—1118）间，48 岁的李唐赴开封参加当时皇家举办的图画院考试，那次考试试题是《竹锁桥边卖酒家》，参加考试的人大多都在酒家上着笔下功夫，唯李唐画桥头竹外挂一酒帘，深得"锁"意。宋徽宗阅此试卷，大加赞赏。从此，李唐入皇家画院，成为一名专业画家。不承想没过几天安定日子，金人来犯，战乱连连，李唐开始了颠沛流离的逃亡生涯。

一日，李唐南渡，经过太行山，遭到梁兴等人自发组织的抗金部队盘查，其中有一位从建康（今南京）赶来参加抗金队伍的英雄，名萧照，颇知书，又善画，他发现李唐所背的行囊中，尽是些"粉奁画笔"之类的东西，知道这个人就是著名的画家李唐后，"扑通"一声，跪拜在地，而后毅然决然辞别抗金队伍，追随李唐南渡习画。

流亡岁月里，李唐一直靠在街头卖画为生。乱世经济不景气，李唐的画再好，其销路并不好，他得意的山水画作更是少有人问津。就是有心买他画作的人，挑来选去的结果，买的也大多是他的牡丹图。他因此牢骚连连：“早知画山水不入时人眼，何必花大力气，不如买点胭脂画牡丹算了。”此事有他的诗作一首为证：“雪里烟村雨里滩，看之如易作之难。早知不入时人眼，多买胭脂画牡丹。”

一位画坛圣手，就这样陷落在生活的困窘之中，就算年近八十，仍然在杭州摆地摊卖画，谁都可以想象，他的内心充满着哀愁、充满着矛盾。但是生命的动荡，并没有中断他对艺术品质的追求，正因为这样，他的作品始终寓精致华丽于大气磅礴之中，集理性、感性于一体，熔放纵、节制于一炉，堪称典范。从他表达爱国主义情感的重要作品《采薇图》就可以窥见一二。

《采薇图》表达的是伯夷和叔齐的故事。商朝末期，有个小诸侯国叫孤竹国，国君有两个儿子，大儿子叫伯夷，小儿子叫叔齐。老国王想把王位传给叔齐。但当老国王死了之后，叔齐把王位让给了老大伯夷。伯夷说：“父亲让你继承王位，而不是我。”于是伯夷就悄悄地离开了。叔齐不肯继位，也走了。后来周武王伐纣，商朝灭亡了，天下都归顺了周朝。两人听说后耻于向周称臣，愤而不食周朝的粮食，隐居在首阳山中，采集野菜充饥。最后饿死在首阳山中。画中正面坐着伯夷，叔齐在侧旁倾身而坐。伯夷双手抱膝，头微侧，正在静听叔齐的议论，他忧愤的面容略带沉思。叔齐右手撑地，斜倾着身体，左手扬起，伸出二指，似乎在与他的兄长谈说武王伐纣是“以暴易暴兮，不知其非兮”。画面表达的人物形态，酣畅淋漓，出神入化。

绍兴十六年（1146）后，战乱平息，南宋开始走向安宁富裕，恢复了书画院，李唐复入画院，为画院待诏，这时，他已经是八十高龄的老画家了。

唐寅：画中背影

被明宗室宁王以重金征聘的唐寅，在发现自己身陷反叛朝廷的政治阴谋之中时，佯装疯癫，得以脱身回归故里苏州城北桃花坞。幽静的桃花坞，一曲清溪蜿蜒流过，溪边几株野桃衰柳，一丘土坡，颇有几分山野之趣。

不久，唐寅离开苏州，千里壮游，历时9个多月，踏遍名山大川，积累了丰富的创作素材。返回苏州后，他开始了卖文鬻画生涯。为此，他写过这样一首诗："不炼金丹不坐禅，不为商贾不耕田。闲来写幅丹青卖，不使人间造孽钱。"

翌年，唐寅用卖文鬻画所得，建成了桃花坞别墅。虽然只有几间茅屋，檐下却悬着雅致的室名，如"学圃堂""梦墨亭""蛱蝶斋"等。唐寅一生酷爱桃花，别墅取名"桃花庵"，自号"桃花庵主"，并作《桃花庵歌》："桃花仙人种桃树，又折花枝当酒钱。酒醒只在花前坐，酒醉还须花下眠。花前花后日复日，酒醉酒醒年复年……"

花开时节，他常邀约师友沈周、祝枝山、文徵明等来此饮酒赋诗，挥毫作画。这个时期，他写下了许多直抒胸臆的诗文。如《桃花坞》诗:“花开烂漫满村坞，风烟酷似桃源古。千林映日莺乱啼，万树围春燕双舞……”当他看到地上落英满布，联系到自己的坎坷遭遇，怅然不已。弯腰拾起地上落红，装进一个锦囊之中，葬在药栏东畔。为此，他又写下了多首《落花诗》，抒发了对封建统治者摧残人才的愤慨情绪。有人考证，曹雪芹所著《红楼梦》中黛玉葬花的情节，就是据此作蓝本的。再如《把酒对月歌》一诗中“我也不登天子船，我也不上长安眠。姑苏城外一茅屋，万枝桃花月满天”几句，于清新的意境中，透出一股傲岸之气。

唐寅诗写得好，画作更是精妙绝伦。一次，祝枝山来桃花坞，见唐寅正在画一幅山水立轴，远山近水，云雾缥缈，十分生动，就笑着说:“老弟，你的山水画不错，但你画的仕女却不怎么样。要是你一年之内能画出十幅以苏州城内有名望的小姐为对象的美女图，我就服了你，跟你打三百两银子的赌怎样？”年少气盛的唐寅答应了下来。他知道，大家闺秀平日大门不出，二门不迈。要传神地画出她们，并非易事。但他知道，初一、月半她们会前往玄妙观烧头香。便与玄妙观老当家通融，扮成小道士模样，以剪烛花、敲钟碧为借口去偷窥。春去秋来，唐伯虎画出了九张美女图，只剩最后一张了。他在玄妙观看来看去，竟然再也找不到一个可以入画的人。

一天清晨，他在妆台旁边看着娘子陆昭容对镜梳妆，忽然灵机一动：真是踏破铁鞋无觅处，得来全不费功夫啊。让娘子作为我的最后一位画中人，岂不是快事一桩？唐寅喜滋滋地对陆昭容说出了自己的想法。极重妇德的陆昭容听后，羞得粉面通红，连连说：使不得！使不得！若是传扬出去，别人说你轻薄，我也失了体面。唐寅说，闺房作戏，人之常情。娘子的花容若经我手得以流传后世，岂不是佳话一段？陆昭容架不住唐寅的攻势，只好说，相公一定要画的话，就画张背影吧，别人见了也认不出。陆昭容说这话是为了打消唐寅的画兴。哪知唐寅一听，拍手称妙：娘子真是绝世聪明，我画了那么多仕女图，却从未想过出这等新意。

陆昭容随唐寅来到后花园荷花池畔，含羞半倚山石，将花撒入池中，逗引池鱼作嬉。就这样，《美女嬉鱼图》面世了。画中，美女肥瘦适中，高矮合度，云鬓高耸，粉面低垂，亭亭玉立，婀娜多姿。一种少女独特的娇憨俏丽之态，跃然纸上。因为前面九图都是惊鸿一瞥，而这一幅，唐寅画的是朝夕相处的妻子，益发惟妙惟肖，自是位居十图之首。

因为这张画，清朝乾隆年间，有位富家公子每日如醉如痴，迷恋其中。他想：有如此动人背影的美人，正面更不知有何等标致了！他这样想着，口中便念念有词起来："美人啊，你怎么就不回过脸来呢？"如此一来，他茶也不思，饭也不想了。家人见他这样，着急得不知如何是好。请来医生，都说心病还得心药治，否则不能奏效。有人便想出个办法，趁公子昏睡之际，将画换了一幅。景致、衣物无异，脸却是正面的。公子醒来一看，画中人十分平常，一场相思就此断结，病也不治而愈了。

窥一斑可知全豹，唐寅或潇洒磅礴、气象万千，或生动入微、情态独具的画作，对读画人的影响力也就可想而知了。他的画，不媚不俗，源于生活，哪怕是一剪背影，也有着深入世人内心的功效。

郑板桥：状纸上的“六分半书”

以诗、书、画、印著称的扬州八怪之一郑板桥，早年习书成痴。无论何时，只要想起书法，就会不自觉地用手指比画一番。一天晚上，因想着古人书法的妙处，他躺在床上辗转难眠，用手指在自己的大腿上写起字来，写着写着，就写到睡在身边的妻子身上去了。他妻子生气地打了他的手一下，说：“你有你的体（身体），我有我的体，为什么不写自己的体，写别人的体？”说者随意，听者有心，郑板桥对书法的感觉刹那间亮堂起来。是啊，各人有各人的身体，写字也应各有各的字体！我为什么老是学别人的字体，而不走自己的路，写自己的体呢？从此，他取众家之长，融会贯通，以隶书与篆、草、行、楷相杂，用作画的方法写字，终于形成了雅俗共赏、受人喜爱的“六分半书”。

有趣的是，郑板桥“六分半书”的流传，得力于他在潍县当县令审案时书于状纸上的判词。

有一次，一名乡绅将一个和尚和一个尼姑抓到县衙，嚷嚷着说他们私通。原来，二人未出家时是同村人，青梅竹马私订了终身，但女方父母却把女儿许配给邻村一个老财主做妾。女儿誓死不从，奔桃花庵削发为尼，男子也愤而出家。谁知这对苦命鸳鸯此后竟又碰了面，于是趁夜色幽会，不料被人当场抓住。郑板桥听后，动了恻隐之心，遂判他们可以还俗结婚，提笔写下判词："一半葫芦一半瓢，合来一处好成挑。从令入定风归寂，此后敲门月影遥。鸟性悦时空即色，莲花落处静偏娇。是谁勾却风流案，记取当堂郑板桥。"

郑板桥为官十分体恤民情，从他为数众多的判词中不难感知。如"既据患病三月，耽误子弟，亦在所难免。但斯文体统，非可斤斤计较，应彼此看破"。这则书于东家告塾师的状子上的判词，显然在袒护生病的塾师。"郎氏因无嗣而嫁，又有母家主婚，便非苟合。明系不得分财礼，借词渎控。"这是在袒护一个再嫁的寡妇，很符合郑板桥的一贯性格。"尔有钱粮四两七钱，非贫士可知。听学生按季自送，何得借完粮名义横索？"对于这位月入四两七钱，犹称贫士的势利秀才，板桥落笔讥笑了他，又劝诫了他。

"判词"，折射出郑板桥一贯的性格和为人处事的态度。由"判词"想到他的《咏竹》："衙斋卧听萧萧竹，疑是民间疾苦声。些小吾曹州县吏，一枝一叶总关情。"如此亲民爱民的清正官员，又怎能不令人肃然起敬？因为这个原因，加上他的书法别致精妙，以致他书于状纸上的片言只语，均被有心人裁剪收罗，汇为册页，作为书法精品，辗转相传，奉为至宝。

郑板桥为人可敬，其"六分半书"也令人难以释怀，书体看似乱石铺街，但金石味浓，扑茂劲拔、奇秀雅逸、正斜方圆、穿插灵巧、疏密有致，这种书体折射着他的人格光芒。从“聪明难，糊涂难，由聪明而转入糊涂更难；放一著，退一步，当下心安，非图后来福报也”以及“瓦壶天水菊花茶，青菜萝卜[illegible]子饭”，“室雅何须大，花香不在多”这些室联之中，不难窥视到，他做人的境界与他别致的书法其实是浑然一体的。

徐悲鸿：执着求精终成画

以画马著称的徐悲鸿先生滞留法国的时候，一位将军在一次盛大的宴会上请他作画。他当众挥毫，以淋漓酣畅的墨意、收放自如的笔法，片刻工夫，便画出一幅形神兼备、铁骨铮铮的奔马。将军跷起大拇指，连声称妙。旁观者没一个不惊叹的。

悲鸿先生不独画马笔法绝妙，他笔下的人物画也独树一帜。1915 年，在上海读书的徐悲鸿得知在上海炒地皮发迹的犹太人哈同创办了仓圣明智大学，公开征求传说中造字先师仓颉的画像，便应征了一幅。创作仓颉像的时候，徐悲鸿十分认真，他查阅资料，勾勒草图，花了三天三夜的工夫。仓颉像送到哈同府上的时候，哈同夫妇及在座的社会名流无不称好。画像被悬挂在哈同花园厅堂里。事后，哈同夫妇设答谢宴，陪同赴宴的徐悲鸿的好友黄警顽看了仓颉画像后感慨地说："你真行，竟能想象出如此构造的四只眼睛。"悲鸿朗声一笑："仓颉像是我一点一滴考证出来的，仓颉有四目在王充所著《论衡》中有清清楚楚的记载，哈同那样的洋人，只会附庸风雅，哪里懂什么中国艺术，这次应征我是逢场作戏，但作画我是一点儿也不含糊的。"

悲鸿先生傲骨铮铮，爱国如命；痴心虔诚，爱画如命。1939年的一天，在异国他乡奔忙的徐悲鸿走在修筑滇缅公路的士兵中间。他们豁出命干的情景，让他想起了《列子·汤问篇》中《愚公移山》的故事和抗战中的祖国人民。“抗战要胜利，不正需要愚公移山的精神吗？”他暗暂要将传说与现实融于一体画出来。于是他着手写生，寻找模特儿，画出了很多人体、肌肉、脸孔的速写。两个月后，画出了大型油画《愚公移山》，可他面对这幅油画，觉得很不满意，一气之下卷起扔进了火炉。经过反复权衡考虑，徐悲鸿改画国画，完成了不朽之作《愚公移山》。印度国际大学校长泰戈尔看了这幅画，感动得双眼湿润，为画面表达的蕴含，也为徐悲鸿对待艺术精益求精的态度。

从《仓颉像》到《愚公移山》，其间相隔了二十四年，徐悲鸿先生对艺术的执着虔诚之心没有丝毫改变，对祖国前途命运的关注从来没有停歇过，每作一幅画，必是有血有肉，有肝有胆，有意境有蕴含，有继承有创新。正因为这样，才造就了一位世界级的艺术大师。

张大千：尘蜡苔痕梦里情

张大千一生红颜知己无数，据说其桃色绯闻比画卷还丰富。然而，他情感生涯中最值得一提的，也是鲜为人知的，还是与李秋君的柏拉图式恋情。

时居上海的张大千，仿石涛的画到了行家里手都无法鉴别真伪的程度。宁波富商李茂昌花 50 块大洋买回石涛“真迹”，女儿李秋君看到后，笑笑说：“画是假的，但作画之人禀赋极高，将来的成就无与伦比。”说者无心，听者有意，李茂昌开始在上海刻意寻找石涛仿制画作者，苦寻之下，他见到了风流倜傥的张大千。张大千听了李茂昌两年来苦寻自己的经历，坚持退还大洋，李茂昌自然拒收。从此，李茂昌和张大千有了密切交往。

一日，应约在李茂昌宁波府上小住的张大千，被客厅一巨幅《荷花图》吸引，一枝残荷，一根秃茎，一汪淤泥，飘逸脱俗。张大千叹道：“画界果真是天外有天啊。看此画，技法气势是一男子，但字体瑰丽，意境脱俗又有女风，实在让我弄不明白。”李茂昌笑道：“看来兄弟你是十分青睐此画了，可想见见画主？”张大千赶紧说：“我想拜师还来不及呢，只是不知道这位鸥湘堂主是否还在世上。”李茂昌笑着说，画主晚上就能见到。

晚宴时分，客厅门响，夕阳余晖中站着一位姿容雅丽的年轻女子，娇喘微微，发髻松散，脸上有奔跑后的红晕。李茂昌指大千对她说：“秋儿，这就是你无比崇拜的张大千。”说完，他向张大千笑道：“大千弟，见过你的师傅吧……”几秒钟后，张大千反应过来，推开椅子，几步上前，跪地拱手相迎：“晚辈蜀人张爰见过师傅。”

这次见面后，张大千在李秋君所居“鸥湘堂”后楼设了画室，两人晚间分室而眠，白天形影相随。青春年少的张大千男欢女爱的事情做过不少，可唯独对秋君，不愿越雷池半步。半年后，深感相见恨晚的张大千背地里偷偷刻下了“秋迟”印章，李秋君也为张大千心结凝聚。

一次，李秋君见张大千给妻妾写家书，便试探性地说，如果你能再收一个大小姐为妾，该是福分无边了。哪知张大千在听罢李秋君的话后，愣怔了几秒钟，发出了一声长叹。

翌日，张大千紧闭画室，不让任何人进来。直到傍晚，才打开画室。李秋君端茶入室时，张大千还是早上的姿势，他就这样在画室中静坐了一天。没等李秋君说话，张大千“扑通”一声给她跪下了，李秋君吓得倒退了半步。张大千说：“三妹（秋君排行老三），我虽然年少轻狂，但我深知，我这一生将为画而活，为画而死。抛开男女情事不谈，我一生最近的红颜知己，除你之外再无一人。但是，我若纳你为妾，将使一代才女受辱，而我也必遭天谴……”

从此，李秋君把一生挚爱深埋于心，与张大千兄妹相称。不久，李秋君随张大千来到上海，一边在国立美术学校任教，一边照顾张大千的生活。张大千云游四方时，安置李秋君代选门徒，徒弟们也敬李秋君为“师娘”，李秋君也并不拒绝，就这样，李秋君终身未嫁。抗战前夕，张大千把自己的亲生骨肉心瑞、心沛过继给了三妹做养女，李秋君把她们视同己出，尽心抚育。

为了心爱的绘画事业，张大千从上海远赴敦煌写生，这次敦煌苦旅虽然使张大千蒙受了“古文化破坏者”的不白之冤，但也奠定了他在中国绘画史上不可替代的地位。连徐悲鸿也感叹“五百年来一大千”，毕加索在看了张大千晚年作品时，发出“真正的艺术在东方”的感叹。

这期间，不管在哪里，张大千与李秋君间一直保持着联系，每到一处，他总是把艺术感受写成文字，传送给远方的三妹，与她共同探讨，这种通信习惯持续了近 40 年。1945 年，张大千听到抗战胜利的消息，无法掩饰内心的激动，挥笔画下了一幅巨幅山水画《苍莽幽翠图》，并盖上了“秋迟”之印。他深知此画将是他一生之杰作，也希望将来有一天让远在上海的李秋君看到。随后，他将此画交给了好友谢稚柳，希望谢稚柳将这幅作品带到上海展览时，李秋君能见到。遗憾的是，谢稚柳未来得及将这幅画展示给李秋君，画作就被没收了。

1949年，张大千从东南亚到南美旅居，从此与李秋君隔断了联系。因为思念，他每到一个国家，就要收集一点那里的泥土，然后装在信封里，写上“三妹亲展”。1971年，张大千在香港举办画展时，听到李秋君先身而去的消息，就在那一刻，他神思恍惚，跪倒在地，接下来的日子，更是无心进食，无心作画，变得憔悴而苍老。身边弟子常听他念叨:“三妹一个人啊……”八年后，张大千在不尽的思念中辞别尘世。

张大千去世后，“三妹亲展”的十几封信得以面世，其中一封信中写道:“三妹，听说你最近缠绵病榻，我心如刀割。人生最大憾事为生不能同衾，死不能同穴。你我虽合写了墓志铭，但究竟死后能否同穴，实在令我心忧。蜀山秦树一生曾蒙无数红颜厚爱，然与三妹相比，六宫粉黛无不黯然失色。八哥今日犹记初逢时你一副可爱娇憨模样，铭心刻骨，似在昨日……恨海峡相隔，真是家在西南常作东南别，尘蜡苔痕梦里情啊！”

潘玉良：一脉画魂香

“她的作品融中西画之长，独具个性色彩。她的素描具有中国书法的笔致，以生动的线条来形容实体的柔和与自在。她的油画含有中国水墨画技法，用清雅的色调点染画面，色彩的深浅疏密与线条相互依存，很自然地显露出远近、明暗、虚实，色韵生动……她用中国的书法和笔法来描绘万物，对现代艺术做出了丰富的贡献。”这是美术研究家叶赛夫对潘玉良画作的评价。

黑格尔说：“人体是高于一切其他形象的最自由最美的形象。”潘玉良画作表现最多的便是女人体，有《仰卧女人体》《观猫女人体》《披花巾女人体》《躺着女人体》等，潘玉良描绘的女人体典雅素静，既秀美灵逸又坚实饱满，充溢着个性化的审美情趣。

对于女人来说，似乎只有美丽，才能让别人记住她的名字。在《画魂》的艺术虚构里，潘玉良是个不折不扣的美女。然而，历史上的潘玉良非但不美丽，也不是相貌平平，倒是有一些丑。曾经给潘玉良当过模特儿的周小燕说：“潘玉良其实长得很难看，但人很善良、很朴实，这就是她当时给我的印象。”潘玉良得以扬名，是凭她的绘画天赋和不懈的努力。她原名张玉良，生于扬州，父母早逝，少时漂泊芜湖，沦落风尘，尝尽人间酸苦。在她走投无路时，时任芜湖海关监督的潘赞化将她救出火坑，并与之结为伉俪。为表感激之情，她更名潘玉良。家务之余，天资聪慧的潘玉良识字习画，过着一生中最快意的时光。回忆那些日子，她说："自己不止一次地从梦中笑醒。"

1918 年，上海美专入学考试，她的成绩最好。鉴于当时有关她的流言蜚语甚多，教务主任考虑到影响没有录取她。刘海粟听说后，拿起毛笔赶到榜前，在第一名的旁边写下了"潘玉良"三个字，并在那上面加盖了教务处的公章。从此，她入上海美专师从朱屹瞻、王济远学习油画，走上了一条布满荆棘，历经磨难的艺术之路。为摆脱世俗难容的窘境，也为了艺术的追求，不久，她在校方的帮助下，辞别潘赞化只身赴法留学。

潘玉良先到法国里昂"中法大学"学习法文，两个月后考进里昂国立美术专科学校学习油画，两年后毕业。后考取巴黎国立美术学院，师从达仰·西蒙，与徐悲鸿师出同门。1928 年，她学成回国受聘于上海美专绘画研究所，并被徐悲鸿邀请到南京中央大学兼任艺术系教授。然而生活的荆棘再一次让她愤然离去，漂泊海外。她极少数的好友之一——早期来法勤工俭学的王守义，为人善良，富有同情心，在巴黎圣·米歇街开了一间中餐馆，经常在工作之余去看望清贫的潘玉良，想方设法在生活上接济她。有一年她的画室漏雨，不能作画，王守义跑里跑外为她买材料装修。经历多少风雨岁月，王守义默默无言的真情，给这位老画家再一次带来了人世间的温暖。

抗战前潘玉良的作品多为油画、素描，也有少量的雕塑。她这一时期的作品，题材广泛，功力扎实，同时又或多或少闪现出一些西方绘画流派的烙印。第一次法国留学，使潘玉良充分感受到了艺术上的自由。当时的巴黎，是欧洲各种艺术思潮融汇的殿堂，从古希腊、古埃及到意大利的文艺复兴；从法国古典主义、写实主义、浪漫主义到现代绘画，各种流派的思想在这里激荡、交融，纷呈在潘玉良的眼前，而这在她早期作品中都有所反映。从《春之歌》中，我们可以看出她吸取了印象派绘画的光色变化，以自然抒情的笔调表达出生活中蕴含的美的境界。而《仰卧女人体》，则用笔刚劲，造型简洁，色彩浑厚，似乎又有 19 世纪现实主义画家库尔贝的影子。

第二次赴法时，她开始有选择地从众多艺术大师的作品中汲取营养，在借鉴他人的同时明确地抒发自己的感受和创造，没有凝固在一种风格、一种形式之中。从她这一时期创作的作品中，我们可以看到她在艺术上广征博采，融合了后期印象派、野兽派以及其他流派绘画的某些风格和韵味。

一个出身卑微，有思想、有见识的女性，就这样一而再走出家门、国门，在社会活动的大熔炉中屡经磨砺，无怨无悔地寻求着艺术的发展。她作品中跃动的色彩、流动的画面，诠释着一个女画家内在的生命激情。命运的作弄和社会的不公，不仅没有压抑她非凡的才华，反而孕育出一脉更具独特气息、更具扑朔迷离色彩、堪称画中之魂的女性芳香。

关山月：作画与卖画

唐寅有诗云："闲来写幅青山卖，不使人间造孽钱。"他公开卖画，认为卖画所得是极高尚的收益，花起来心安。郑板桥也为卖画一事写过一首诗："纸高一尺价三千，画竹多于买竹钱。任渠闲话论交接，只当秋风过耳边。"在郑板桥心里，雅笔墨、俗生活的对接，是无可非议的事。近代画家齐白石、张大千也是卖画的行家里手，他们的画都是定有润格的。

卖画与不卖画，大抵与生活境遇有关。国画大师关山月 23 岁那年入"春睡画院"随高剑父学画，之后秉承师训，面向现实生活，注重写生，在抗战时期，花了两年多心血，有近百幅抗战题材的作品问世。1939 年夏天，在澳门和香港举办了"抗战画展"。这是关山月的第一次个人画展。由于得到澳门的慧因和尚，以及当时在香港的叶浅予、张光宇、任真汉等人的支持和帮助，画展很成功，两地媒体好评如潮，参观的人络绎不绝。展览中，抗战题材的画是不卖的，只张挂了少量山水花鸟，标价出售，卖出的部分画作，除了清还场地和装裱费用外，尚有一些盈余。年轻的关山月第一次开画展，第一次卖画，获得始料未及的效果，自是喜不自禁。

抗战画展的成功举办，增强了关山月对艺术追求的信心。从1941年开始，他与夫人一起至西南、西北数省登临名山大川，历尽艰辛到达敦煌，专心临摹和研究莫高窟千佛洞的古代壁画，并先后在韶关、桂林、贵阳、昆明、成都、西安、兰州等地举办个人画展，历时数年，靠卖画维持生计。时间一长，关山月也略知画市个中三昧，展品中的抗战画不卖，精品画标高价。他的感觉中，最好卖的数玫瑰画。他在成都搞画展时，租借展场还得由朋友做经济担保。开幕当天，当时画名满天下的张大千带着一帮人来了，张大千问:“哪幅画最贵？”关山月用手指了指:“这幅是1000元。”张大千点点头:“我把它买下了。”走了几步，他又看到一幅标价1000元的，也买下了。

当年1000大洋，在成都可买下一座公馆。张大千的侠义之举，感动得关山月连声说谢！张大千高价买下关山月两张画的事一下子就传开了，不少人闻风而至，画展热闹起来了，买画的人也多了，光定购玫瑰画的就有几十幅。展览结束后，关山月卖画筹到了资金，却欠下了画债。为了还债，他只好天天依样画玫瑰，越画越腻，越画越烦，画完这些画后，他心一横，发誓永不画玫瑰。此后，玫瑰画在他的画集和展览中彻底消失了。

新中国成立后，关山月一直在中央美术学院当教授，地位提高了，收入稳定了，作画不用为稻粱谋了，再也不用卖画了。有一次，一位商人上门求购几件关山月的画，出价不菲。关山月夫人问关山月意下如何。关山月故意问：“他要这么多画干吗？是帮我开画展吗？不，是来买画的。我要这么多钱干吗？你两年前放在我西服口袋里的300元，至今还没有用呢！我不卖画。”买画人只好悻悻离去。

画家卖画，这是天经地义的事。但在衣食无忧、生活有保障的情况下，一门心事于绘画艺术，拒绝将心血之作作为商品，也是无可厚非的。正是因为这个原因，当今艺术市场上流通的关山月的书画作品极为鲜见，除了送给慈善机构的义卖品和各界人士的礼品外，剩下的恐怕只能是赝品了。

吴冠中：画幸福的画家

艺术大师吴冠中身处逆境时，丝毫未改变自己的艺术理想，他宁肯忍受冷落和寂寞，也不放弃对美、对形式的追求。在他的眼里，绘画艺术是“来自生活，来自写生后的艺术创造”。缘于这一点，数十个寒暑春秋，他背着沉重的画具踏遍水乡、山村、丛林、雪峰、从东海之角到西藏边城，从高昌古城到海鸥之岛。为了画画，他住大车店、渔家院子、工棚、破庙，啃干馒头、喝凉水，数十年风雨兼程，在半个多世纪的艺术生涯中，他致力于将中国绘画艺术推向世界，以“要艺术不要命”的人生状态从事艺术创作，正因为这样，才有了他多姿多彩的、独特的艺术世界。

《双燕》是他早期的绘画作品之一，是根据宁波民居速写而作的彩墨画，画面宁静而简洁，着力于平面分割、横与直、黑与白的对比，画中飞去的双燕，有着典型的东方意味。他自己曾说：“我一辈子断断续续总在画江南，在众多江南题材的作品中，甚至在我的全部作品中，我认为最突出、最具代表性的是《双燕》。”画面和谐别致，诗意盎然，点、线、面的搭配臻于完美。后来他的画风由细腻变得粗犷，大墨块、粗线条，自成意境。尽管如此，追求点、线、面的和谐结合这一点，他始终没有动摇过。他说：“我总是着意将西画的优点表现在中国画之中。我画的点和线，每一笔都包括了体面的结构关系，不管是大点小点、长线短线，在运用上是严格的，都不是随便乱摆上去的，有时一点不能多也不能少，点子多了对画面无补，我都想办法将它遮掉。对线的长短也是如此，都不是随便画上去的，要恰到好处。”

吴冠中画风严谨，但他一直认为，艺术是探索情感奥秘的载体。所以，在他的笔下，每一幅画都包含着值得慢慢咀嚼品味的情感成分。在一次“简单与复杂”的国际科学研讨会上，物理学家李政道选用了他的作品“流光”作为会议的招贴画。画面只用了点、线、面，黑、白、灰、红、黄、绿几种颜色组成繁杂多变的无定型视觉现象。以此为招贴，乍看起来，不过就是为了彰显简单与复杂的关系而已。事实上，吴冠中将画冠名“流光”，包含着难了的情思和深刻的寓意。有道是：流光容易把人抛，红了樱桃，绿了芭蕉啊！

吴冠中的作品中，有很多同一题材、同一构图，却以水墨和油彩两种形式画成的两幅作品，他总是这样以对比、移植的方式，不断地丰富两种工具材料、两种绘画形式的表现力。因为他不懈耕耘于油彩、水墨两方园圃，才走出了一条不受传统程式拘束的、融汇中西绘画艺术的道路。他不以文人画的继承者自居，不以传统笔墨的继承者自居，在无所顾忌、无所约束的状态下画出了很多具有中国底蕴，而非中国艺术形式的作品。

因为独特的成就，在中国现代绘画史上，他被誉为最强调形式、形式美、抽象美意义的画家。有人说吴冠中是“画幸福的画家”，是因为他在画中所表现出来的一切是那样和谐美好。事实上，吴冠中一生所经历的绝不只是幸福，但一切的幸和不幸都真切实在地激励过他，让他胸怀希望和热情。正是因为他善于剔除生命中的痛苦和不快，不间断地寻找幸福，放大幸福，他艺术生命中蕴藏的幸福才显得那样丰厚，那样不同凡响。

陈逸飞：视觉捕手

最初知道陈逸飞，并在脑海中留下印象，是我与在上海工作的小弟通电话时留下的。小弟极了解我，他知道我是一个钟情文字的人，同时也是一个美术爱好者，那次在电话中说着说着，不知什么缘故他就说到了陈逸飞，言语中听得出他对陈逸飞是多么有好感。毕竟，一个有才华的人，大多情况下是能够获得他人好感的。看来那时的陈逸飞在上海已是家喻户晓了。从这一刻开始，他就以一个画家的姿态进入了我的感觉世界。

意想不到的是，陈逸飞突然之间就去了，让人惊愕，让人茫然，让人伤心，这么一个出色的人，就这么突然就走了。听到妻子说这个消息的时候，我的思维耸动了一下，而后停顿了片刻，那一刻我满脑子只有那个时常脸带微笑的人。缓过神来的时候，他那些古典的、怀旧的、浪漫而不失平和的油画亦真亦幻般，在我的眼前梦一样飘过。我知道，这些精美的画面已经长留在我的记忆之中了。

陈逸飞先生的许多油画作品，是很能够打动人心的。六七十年代他就创作了《黄河颂》《占领总统府》《踱步》等知名的优秀油画作品。其油画作品最大的特点，在于画面上弥漫着宁静平和，在写实主义中渗透着中国传统的美感。无论是描绘江南水乡的风景还是生动传神的女子肖像，无不体现画家的一种追求：“运用西方的技巧，赋予作品中国的精神。”他画过一组古装的女子肖像，欲舒欲张，欲静欲动，形体婀娜，眉目传神，是足以让欣赏者的目光挪移不开的。

因为他油画功力的深厚，他从事其他行当也别开生面。他以“大美术”的理念在电影、服饰艺术、环境设计艺术等领域取得了如同他油画艺术一样的创造性的成就，令文化界人士为之折服。《逸飞视觉》艺术丛书，以一位艺术家的眼光和品位，引领读者从时尚设计、现代艺术和人文角度，进行了一次非同寻常的寻找和发现之旅。它完全摒弃了纯文字描绘方式，采用了全新的视觉效应，精美亮丽的大幅摄影图片和概念迥异的各式特写——狂野的、温柔的、原形毕露的、掩掩藏藏的，占据了丛书的主流，配以随意、深刻又不失睿智和凝练的文字，把现代名都的时尚文化与生活表现得淋漓尽致。

陈逸飞是古典的，也是现代的。有人评说陈逸飞，说他是全世界最新锐的年轻摄影师，因为他以最现代不羁的观念、最性感的模特儿和时装，拍摄出了最具视觉冲击力的时尚大片！艺术家和富商，在人们眼中大多是两种完全不同的形象，可在陈逸飞身上，却几近完美地融合起来。虽然他常说：“我能做的你们都能做。”但最终只有他做到了。

谁都会钟情美、热爱美，但不是谁都善于发现美。天才的视觉捕手陈逸飞，则善于在生活的枝枝叶叶中挖掘出极有新意的人性之美。他说：“我的优势在于我更贴近它们心灵中最柔弱最敏感的部分，然后拨动它。”所以不管是他的画作，还是影视作品，都展现出一种特别的令人过目难忘的美丽。他用一生的精力寻求美，是因为在他的感觉中：美，给民族带来的是至高无上的尊严。

黄美廉：只看自己所拥有的

有个女画家，自小就患上了先天性大脑麻痹症，但她是个有着顽强意志和毅力而又乐观的人。

有一天，她将一幅颇为得意的画作，拿到画廊展出，并在旁边放了一支笔，附上留言，要求任何一个观赏者在观赏这幅画时，认为欠佳的地方，均在画上做上记号。晚上，她取回这幅画，发现整个画面都涂满了记号，几乎没有一处不被指责。

她是个极有自信心的女人，面对批评的潮水，一点儿也不气馁，她相信自己的画有出色的地方，便决定换一种方式试试看。她又摹了一张同样的画拿去展出，不过这次要求与上次不同，她请每位观赏者将他们最为欣赏的妙笔都标上记号。当她取回画时，看到画面又被涂满了记号，原先被指责的地方，都换上了赞美的标记。

通过这次画展，她发现，任何事物都具有两面性，可成可败，关键是如何把握。作为一个有先天缺陷的女人，这一点她感触很深。一次讲演会上，一个中学生问她，你从小就长成这个样子，你是怎么看自己的呢？在场的很多人暗暗责怪这个学生不懂事，但她坦然地在黑板上写下这么几行字："一、我好可爱；二、我的腿很长很美；三、爸爸妈妈那么爱我；四、我会画画，我会定稿；五、我有一只可爱的猫；六……”最后，她写了这样一句话：“我只看我所有的，不看我所没有的！”

她叫黄美廉，在生活的磨砺中，她接受了自己的缺陷，接受了无法回避的现实，肯定自己，看好自身阳光灿烂的一面。她撇开生命中缺陷的包袱，不懈进取，不懈努力，考上了美国著名的加州大学，获得了艺术博士学位，完成了很多人无法完成的事情。

作为一个有缺陷的人，她所以能够超常发挥，正是因为只看自己所拥有的。在不幸的背景下，这才是最为可贵的。

几米：寂寞又美好

常言道：因祸得福。绘本作家几米，得知自己身患血癌，不得不接受治疗，在几乎与世隔绝的寂寞日子里，所度过的偏是“又寂寞又美好”的人生。

寂寞不是不可以诉说，寂寞中的几米，把寂寞还原成没有色彩、没有喧哗的图画——黑白的色调、无言的呐喊、没有太多修饰的笔调，有着别样真诚，传达着与世隔绝时寂寞萧瑟的心境。他说：“对我而言，生命的变化虽然太大太快，但每一个模糊的开始，都可能充满着无限美丽的期待。”正因为这样，寂寞的日子里他才变得如此有灵性，如此有感染力，才会创作出众多清新舒洁，通达流畅，散发着深情迷人韵味的作品。

每一个用心品读《又寂寞又美好》的人，一定会沐浴在“寂寞又美好”的韵律之中。就像几米说的：“如今，惊恐消退了，悲伤不见了，而那段低潮的人生，只留下淡淡愁思，又寂寞又美好。”听几米诉说，听几米歌唱，不管人生向左走还是向右走，都没有不快和忧伤，鲜活的生命因此变成美丽月亮下的精灵，或者一条始终微笑着游走的鱼。

寂寞不同于孤独，孤独只是因为一时失去了外在的喧哗才凸现出来；寂寞则是一种持久而无形的内心感受，寂寞而丰富的内心世界，孕育出的常常是人世间最值得咀嚼、最值得铭记的真诚和美丽。

命运，常常是一个变数。几米之外，可能就是生命中的寂寞。寂寞，是平庸世界的锁链；然而对于有心之人，寂寞，却是开启智慧的金钥匙，可以打开内心世界那扇多姿多彩的大门。

石兰：以流浪的姿态捕捉明媚春光

20 世纪 50 年代末出身于安徽一书香世家的女画家石兰，朦瞳初开，便在绘画上表现出特别的天赋，但父母并不支持她学画，认为将来安分守己地当好一个工人就不错了。因为在那个时代，艺术产品并不受重视，甚至一不小心，就可能被认定是小资情调。石兰没有遵从父母之命，暗地里在绘画上苦下功夫，很快，她在家乡小有名气。

因为画画得好，改革开放之初，她回城进工艺美术厂当起了美工。她的美工相当出色，绚丽灿烂，引人注目。90 年代初，她被厂方派驻深圳，式样繁多的工艺品让她大开眼界，这样的时候，在绘画上要有所造就、有所建树的念头再一次在心头滋生。1995 年，她把自己逼到尽头，背水一战，放弃工艺美术厂的工作，北上中央美院进修学画。那时候，她两手空空，身无分文，年龄已指向人生中点，又有孩子，这样抛家舍口，一人独自北漂，其勇气不能不令人叹服。

在中央美院，她结识了一大批在那里汇聚的全国一流的画家，她拜在了中央美院教授、著名画家郭怡孮的门下。那些时日，她花

100 元在远郊租了房子，每天骑 1 小时的自行车到美院学画。她学画过程中表现出的疯狂劲头，是其他学员远远不及的。一年后，她成为在北京举办画展的少数几个学生之一。画展后，她抱着几幅画到广州卖了几千元钱，拿了钱她又回到北京继续学画。在北京，她一待就是五年。从没有名气到小有名气，从一无所知，到广为涉猎。五年北漂学画，为她的绘画人生注入了生机。郭怡孮这样评价石兰："石兰对绘画的忠诚和她付出的心血，都能从她的作品中表露出来。每看到她的一批新作，我都能体味到那艰辛的履痕，甚至会联想到女排、女足姑娘们，那种执着进取的精神真是让人感动。"正是因为对绘画的执着坚守，在当时的北京画界，只要有人提起女画家，就会有人说："一个女人能走多远，看看石兰便知道了。"

随后的岁月，石兰画作屡屡在全国获奖。然而，以绘画为生命轴心的石兰，并不满足这些成绩，她总是在不断地探索和追寻。在一本画册的后记中她这样写道："我不知道应该如何表达自己的感觉，艺术对于我是圣山、是火焰、是磨难、是欢愉，也是几分从未失去、未曾拥有的惆怅。"

在艺术修为得到导师认可后，她又一次以流浪的姿态出发了。第一站，她来到了四季如春的云南西双版纳。在那里，热带花卉长得鲜艳欲滴，蓬勃张扬，生机盎然，恰似明媚的春光在肆意铺绽，这不正是她着意要捕捉和要表现的意境吗？她为之震撼，为之沉溺。这些时日，她抓住热带花卉色彩鲜艳的优势，突出色块之间的比对度，创作出了《南国风》作品系列，这些作品近看洋洋洒洒，远看效果强烈震撼。《南国风》作品系列完成后，石兰携带这些作品前往法国巴黎国际艺术城进行了为期三个月的艺术交流，同时举办了为期 10 天的画展。这 10 天，她的绘画以鲜明的民族艺术特色成为国际艺术城的热点，也为她的绘画人生立起了一个簇新的里程碑。

2009 年，石兰应约前往美国写生。加利福尼亚明朗的太阳，辽阔的原野和鲜艳的花丛，都激发着她的创作激情。9 月份，她的个人画展在硅谷亚洲艺术中心开幕，展览还未布置就绪，就有很多美国朋友前来抢购她的作品。一位中文名字叫舒建华的美术评论家说："石兰作品韧性和灵气兼备，色彩华丽，高贵典雅，充满积极向上的精神。"有人问石兰，你的画作为什么给人的感觉总是春光明媚？石兰说："生而为人，就应该时时以饱满的情绪和乐观的心态看待生活，而不应该总是关注生活的阴暗处，身在哪里，就该尽情享受哪里独特的美。"

石兰是个职业画家，更是一个不甘安逸的流浪型画家，而作为女人，石兰流浪并美丽着，每次在流浪途中，除了"扫荡"美景、美人，将之装入自己的画框中，她还会抽空去"扫荡"美服，这些"扫荡"的成果，往往令人艳羡却又千金难买。她甚至记得在不同的地方开画展所穿的衣服。她在自己的画前留影，人总像是长在画中一样，浑然一体。每流浪到一处，她的穿着打扮总是那样切合时宜、恰到好处。

可以说，她的绘画充满了身在途中的趣味：用色大胆，美不胜收，绚丽至极，内敛而散发。正因为如此，她的部分画作被一画廊老板悉数买断，并且画廊老板只是悉心囤积，没有要拿到市面上出售的意思，其内在的价值由此可见一斑。怪不得郭怡孮会说："她的画是涅槃而生的，一诞生就具有强大的生命力。"

高茜：一个女人的优雅倾诉

在文字中浸润久了，思维定向了，打结了，便会偷闲看看书画之类的东西。一分偶然，进入了高茜优雅静谧的私绘画世界。以工笔画《两面性》一举成名的女画家高茜，她的作品既不能用山水、花鸟或人物来归类，又不等同于西方的静物画。静物画里没有活生生的动物，可属于她的画面却时常飞舞着蜻蜓彩蝶。

高茜的私绘画作品在继承传统工笔绘画技法的基础上，巧妙融入了西方艺术的古典趣味和现代观念，构图机巧，色彩典雅，手法细腻自然，别具韵味。在技法上，高茜表现出古典式的、学院式的文人画传统，这也许得益于金陵深厚的文人画底蕴。她的作品，画面空灵、开阔，线条如春蚕吐丝般严谨，但笔意中又显然透露出女性的纤细和娟秀。桌椅镜匣、瓶盏布幔、云天水域、花鸟鱼虫……这些日常的物件和景致，经由画家浪漫的想象和绵密的思虑，在笔端呈现出一幅幅颇有意味的梦境般的画面。那些镜中云天、瓶中金鱼、扑火飞蛾、悬空华服……柔美而脆弱，带着淡淡的忧郁，同时也透露出一种隐秘的渴望与激情，仿佛是魔法水晶折射出的画家内心缥缈的幻境，更像是一个午后白日梦者醒来时的片段记忆。一种平常而又非常的室内静物摆放方式，使人产生看似不合常理而又非常合理的心理感受，强迫观者产生记忆，不知不觉融入她的世界。

将一种私人化的心灵体验方式带入创作，将西方现代绘画中的一些构成法和超现实主义表达方式结合进自己的作品，以自己的艺术方式不断挖掘自我丰富的内心体验和情感，诠释自己对于绘画和生活的理解与感悟，是高茜绘画一如既往的风格。高茜作为一女子，典雅精致，有着水样的温柔，绣花针般的细腻心思，她引领你进入的总是优雅静谧的美妙世界。她一些作品的标题如《若履若梨》《蝴思乱想》《薇机四伏》等，处处体现着女画家细腻的情思和奇妙的构想。

透光的竹帘变为柔光的薄纱，雕槛的玉砌变为矗立的单元，细刻精雕的家设变成几何平直的桌椅，寂寞无人的庭院变成车水马龙的街道，一切都在改变，只有心中弥留着的某种清冷心境，并没有因时代的不同、环境的差异而消失。高茜就是这样，她的画以闺房物件为主，比如高跟鞋、蕾丝睡裙等，传达着女性世界的柔美。空疏寂静的画面上仅有一只纤巧秀丽的女鞋，纹彩轻灵的蝴蝶在瞬间驻足鞋边，又闪翅欲飞；或是古意高雅洁白的梨花轻轻地依靠在现代感极强的悬挂着的蕾丝睡裙上，既有传统的美感又有不落俗套的时尚元素，意象如此单纯的画面却引人无限遐想，看似空无宁静的景象，却让观者从亦静亦动的空寂中触摸到一种敏锐的思绪。画面融精致细腻的传统技法于有情节、有内容的意象表达之中，将古今中外糅合得不露一丝痕迹。于她而言，绘画就是生活日记，无论对着一盏茶还是一杯咖啡，都适合在花园的芬芳里沐浴月华的静谧美丽。

高茜的画需要静下心来阅读，只有这样才能深入画面冷静和缓的色调，以平静闲散的音乐方式，一丝丝地，倾听到一女子喃喃动人地对世界说出自己内心的隐秘。读高茜的绘画，浏览的是尘世间直入心扉的美丽。那一遍遍不厌其烦的，看似简单的、机械的描摹，最能让人深切感受一个闺阁女性的温婉之美。恰似一个她与另一个她的闺中对话，呈现出现代都市女性自我生存状态的萌动和表达。与她志同道合的夫君张见曾说："她会顺着女性特有的细腻思维来凸显画面，让你听懂她的倾诉。"

凡·高与提奥：不朽手足情

凡·高是孤独的，可他的画是卓越的。他画笔描绘下的太阳、向日葵、自画像自始至终给人一种动荡的、飘摇的、向上的感觉。读他的画，会清清楚楚地感到沐浴在一片响亮明朗的光照里，灵魂会为之颤动，心扉会为之打开，尘封的思绪会被点燃。这样的感觉恰好印证了他在《阳光下盛开的桃花》这幅画上题写的诗句：只要有人还活着，死去的人总是活着的。他的一生虽然充满苦难，但他绝大部分画作让人们感受到的，不是人世间的苦难，而是阳光下对生命的渴望和对生活的热爱。

因为孤独，最初他的作品情调低沉，他常常借酒引发内心深处的狂想。在巴黎，他常进出铃鼓酒馆，喝酒交朋友或是寻找适合的模特儿。1888 年，凡·高离开巴黎到南方寻找平静，饮酒仍在他的生活中挥之不去。在阿尔，他常常去咖啡屋观察那些消沉的灵魂。

凡·高一生没有卖出过一张画，为他提供物质支撑和精神鼓励的是他的弟弟提奥。对凡·高来说，提奥是无穷无尽的爱的源泉，这种爱比什么都更加为他所需要。每天晚上，当凡·高完成一天十四至十五小时的素描与绘制油画的工作后，就坐下来用铅笔或钢笔向提奥倾吐自己的心事。对这个世界上唯一珍视他的每一句话与每一份情感的人，凡・高无所不谈，包括一些细微的思想、一些琐碎的事情、一些无关痛痒的艺术技巧，从中不难窥见凡・高当时所处的困境及提奥对他哥哥的深情厚谊。凡・高把自己整个成年期的理想、疑惑及其恐惧通通倾泻在这些书信中，既有对自己日常生活的琐细描述，也有对自己被造就被关爱过程的细微刻画，可以说，凡・高的书信是一幅率真的文字“自画像”。

唯有作画，凡・高才感到自己生命的存在，喝酒是为了寻找作画的灵感，作画是为了活下去。然而冷酷污浊的现实终于使这个敏感热情的艺术家患上了间歇性精神错乱，他在不断的酗酒、绘画中，耗尽了理智和精神，他甚至割下了自己的一只耳朵。为了不增加弟弟提奥的负担，1890 年 7 月 23 日他在麦田里自杀，让血流下来滋养大地，走过了 37 年的生命旅程。几个月后，把自己全部的爱和物力献给了他的提奥也离开了尘世。

为着创造不朽的艺术，凡・高来到这个世界。为着给凡・高以生活的支撑和生命的依托，提奥来到这个世界，这似乎是冥冥中上苍的着意安排。凡・高因艺术而不朽，提奥则因爱而永生。

米开朗琪罗：看一眼就无法忘怀

夜，在你面前甜蜜地睡着 / 那是石头的化身 / 他不会动，但他的身体中有生命的火焰 / 只要把他叫醒，他就会说话。《思想者》诞生之初，一位观赏者在雕塑上留下了这样四行诗。米开朗琪罗热情地给以回答：睡眠是甜蜜的，成为顽石更是幸福 / 只要世上还有罪恶与耻辱 / 不闻不见，无知无觉，于我是最大的快乐 / 不要惊醒我，讲得轻些吧。读这首诗，我们不难窥视，那个时候，米开朗琪罗太过孤独的心已漂泊到了生命的边缘。

米开朗琪罗年逾六十的时候，教皇保罗三世让他用油画颜料在西斯庭教堂墙壁上画《末日审判》，为确保绘画质量，他坚持用湿壁画画法完成这幅作品。在这幅画画完一半的时候，教皇在典礼官的陪同下来到教堂，典礼官说，画中人只有在小酒馆或妓院才能看到。米开朗琪罗对典礼官不伦不类的指责很气愤，在画中将典礼官画成真人大小的长着驴耳朵的地狱审判官。典礼官见后只得在教皇面前诉苦。教皇说："你的指手画脚，让我无力救你出地狱，看来，你只好留在那里了。"

作为但丁的崇拜者，米开朗琪罗所画的《末日审判》，其人物全部取材于但丁的《神曲》。这幅画中，他将地狱中的恐怖场面描绘得淋漓尽致。作完这幅画后，因与生俱来的孤独感觉，他的忧郁病发作，一个人跑到树林里，摔坏了脚。在他自我封闭等待死亡的时候，他的医师朋友巴丘找到他并费尽心机开导他，让他从悲观和苦闷中解脱出来。

越到晚年，米开朗琪罗对自己越是苛求，年逾七十，依然没有停止对艺术的探索。他耗费了近八年的时间和精力制作出大理石雕像《皮坡塔》。在这尊雕像出炉的前几个月，他在诗中写道："可怜我，爱的思想忐忑不安 / 两种死期逼近，我血液冰凉 / 一种早已在这里，另一种应该等着我 / 拿着画笔和雕刀的时候 / 又怎能不让灵魂歌唱。"

出于对艺术的虔诚，米开朗琪罗始终无法放弃，雕刀与大理石碰撞时才可以体味的美好感觉。即使后来双目失明，他仍常用手去抚摸自己的雕塑。

18 世纪法国色彩大师德拉克洛瓦说：米开朗琪罗的伟大，在于他的作品常常让人看一眼就无法忘怀。他引用但丁的话说："要用合适的言语歌颂他，是不可能的。"著名画家雷诺兹在一生的艺术演讲中说出的最后一句话，就是米开朗琪罗的名字。

提香：华丽的色彩

提香·威切里奥小时候最喜欢跑到城外山野森林里去游逛，采摘鲜花，将花揉烂取出它的汁液画画。缘于这一点，他当将军的父亲将他送到了艺术之都威尼斯学画。

最初，提香很听老师贝利尼的教诲，用心学习他的绘画风格。贝利尼有个很出色的弟子乔尔乔内，他年纪较大，常主动教给提香一些东西。后来，提香一点儿也不听老师的了，只听乔尔乔内的。贝利尼很生气，把两个人都开除了。他们只得走出课堂，靠画画维生。相比之下，提香的画更受欢迎，乔尔乔内心中别扭，感到茫然、无奈、失落，先是疏远，继而是沉郁，不久便撒手西去了。老画师贝利尼也相继去世。

就这样，威尼斯成了提香一个人的艺术天堂，他很容易就得到了威尼斯共和国画师的职位。继而广泛结识各方贵族，树起了自己在上流社会的艺术威望。就连"神圣的罗马帝国大皇帝"查理五世，在提香作画时，也不惜屈尊为他捡拾画笔。

威尼斯派画家中，提香是最具天赋的，同时又像拉斐尔那样被宠幸着，他的生活就像他的画布一样铺设着富丽华贵的金黄色调。

与同时代的大师米开朗琪罗痛苦的生涯相比，提香的一生就像他画中所描绘的场景一样丰赡华美。尽管如此，提香作为一代有风骨的人文主义大师，绝不奴颜媚骨、阿谀奉承，并没有因为追求禄位而失却艺术家的尊严。他的笔下，时常散发着引人瞩目的思想的光亮。他将教皇、国王、总督暗喻为狼、狮、狗，曲意表达了对现实的抨击和不满。他画面上的查理五世精神空虚，表情呆滞，色厉内荏，形同泥塑木雕。

《天上的爱与人间的爱》是提香的代表作也是成名作。作品取材于古希腊神话，画面描绘的是天上的美神和人间的美女会见的情景：爱神维纳斯正在游说衣着华贵的美狄亚去帮助阿尔喀斯英雄，让她和阿尔喀斯英雄私奔。金色调的美丽裸体，优美醉人的风景，顽皮可爱的天使，构成了威尼斯人喜闻乐见的田园牧歌式的画面，将人与自然、世俗的爱和宗教的美和谐地统一在画面中。

提香的另一幅杰作《维纳斯与阿多尼斯》，更是充溢着“提香的金色”。背景是暴风雨后的天空，乌云中透出一缕金色的阳光，乌云开启处有一块灰蓝的天空，浓密的树林旁，牧羊少年阿多尼斯含情脉脉又有些羞涩地俯看着维纳斯，维纳斯像蛇一般缠绕着他，身旁是羊群和刚放过箭的小爱神丘比特。丘比特的弓箭挂在树枝上，维纳斯坐着的石凳搭着一块暗红色的毯子，她本来是在林边歇息的，见了阿多尼斯，心头便产生了抑制不住的爱恋。在提香的笔下，美丽的故事被金黄的色调一渲染，滋生出的是更为独特的美丽。

提香善于使用华丽的色彩，特别擅长描绘金色的调子，这样画出的许多宗教神话并具有现实意义的作品，令人惊叹不已。连对艺术要求甚苛的雕塑大家米开朗琪罗都赞美说：“如果人体形象更准确一点，在素描上再下些功夫，提香必然会成为世界第一的画家。”

卡拉瓦乔：无法掩盖的光亮

意大利画家米开朗琪罗·达·卡拉瓦乔，长期身处社会底层，有着异于常人的辛酸和悲苦。他是个连名字都没有的穷瓦匠，17 岁到罗马开始学习绘画，并靠这门手艺谋生。他有着米开朗琪罗一样的倔强、达·芬奇一样的傲慢。“卡拉瓦乔”是他出生的村庄的名字，“米开朗琪罗”“达”缘于他崇拜两位大师。他在年轻时，因为深受乡绅恶霸的迫害，以至成年后，刀剑一直不离左右。他好打抱不平，并因此惹下了祸端。为逃避审判和惩罚，只得到处流浪，在天地间顽强地活着。

卡拉瓦乔有他的作画原则，即不画生活中没有的形象，以真人做绘画的模本。在他笔下，基督和一干圣贤成了平民，他们筋骨裸露、粗眉大眼、胡子拉碴、衣服褴褛，丝毫没有前辈大师们创作上的光鲜。所有的圣贤他都是照着渔夫、农民、工人、流浪汉画的，他声称要把这些下层民众带入教堂。当时的学院派对卡拉瓦乔的绘画大加讽刺，称画中的人物是粗野的自然人，形象上缺乏崇高，没有美感。他主张写实，拒绝画生活中没有的事物，在这一点上显得很执拗。一次，主顾要他画天使，竟发现他让真人绑上翅膀当模特。他的许多作品被人拒收，原因是把“神”画得太下贱了。如他最著名的作品《圣母升天》，将圣母画成了面色惨白、头发蓬松、四肢散乱、光着两只大脚的妇人，在一个破烂的小屋里，一群穷门徒围在圣母旁边。这样的格调，是怎么也无法同拉斐尔、提香、达·芬奇等作品中那些极具魅力的女性联系到一起的。

他做人做到了亡命天涯的程度，作画也失去了传统意义上的审美情趣。即使如此，在绘画艺术上，他的出色，他的光亮，是无论如何也不能掩盖的。随着时间的推移，现实主义的魅力也日益凸现，卡拉瓦乔的光芒开始谜一样散发。他细密画中的某些技法，即使到了今天，也难以有人企及。如他的静物作品《一篮水果》，客观到把枯叶和虫眼都画上去了的程度。

最让人感到遗憾的是，卡拉瓦乔在只身漂泊的途中，突发疟疾病逝，像拉斐尔一样仅活了 37 岁。卡拉瓦乔的画，给人以强烈的光感，叫人难以释怀。《卡拉瓦乔之光》这本书，借助卡拉瓦乔的人生经历，描述了他的个性，披露了他的悲苦。书中有一句话说得好：“因为光，所以看到黑暗；因为暗，所以看到光亮。”这句话，既是卡拉瓦乔绘画内涵的成因，更是卡拉瓦乔人生经历的真实写照。

洛克威尔：用真挚燃起幽默的光亮

20 世纪早期的重要画家诺曼·洛克威尔，其画作俏皮、灵动、极富感染力，画面主题所凸显的童话意味，一不小心就会在心空划过一道光亮，从外在到内在，叫人流连，无法忘怀。

洛克威尔的画笔是温馨的，也是幽默的，他画过 322 幅温馨感人又幽默深刻的漫画封面，以真实细腻、灵动多姿、饶富趣味的笔触，生动地展现了凡夫俗子的各个生活层面，技巧地反映出心中的梦想和现实的存在，并赋予生命独特的见解与蕴含。他曾说：“对我而言，生活中的日常琐事，都是艺术性丰富的题材。男孩子在空地上扑打苍蝇，女孩在房前台阶上玩牌，老人在黄昏里漫步回家，这些景象都能撩起我的情感。”他画笔下凸显得最多的也是他最喜爱的主题，就是坦然纯真的孩子，其作品中的孩童，常是附近学校的学生，或是镇上的居民。他曾说：“我不知道自己到底画了多少个可爱的孩子，可我依然乐此不疲。”

洛克威尔的封面人物画总是栩栩如生，无论是发式、脸部表情、肢体语言还是衣服的皱褶，都充满了生命的活力和张力。其五十年的绘画生涯中，画中的主角个个真实，无论是个红发小孩，还是垮着肩头、追忆童年的西部硬汉；无论是牙医、牧师、药剂师、理发师，还是救火员、杂货店伙计等各式人物，都是他从周遭生活中找寻而来的人——包括他的妻子、儿子作为他的模特儿。这些角色所流露的真挚情感，不加遮掩的表情，正是他梦寐以求的。

其画作中以圣诞为主题的有相当一部分，主角或是千姿百态的圣诞老人，或是英国作家狄更斯笔下的各色人物。笔调要么诙谐讽刺，要么温馨动人。他着意于借助这些人物，表露感念的情怀，在快速现代化所带来的社会变迁中，他在情不自禁地缅怀一个似乎要遗失的纯真年代……他的第一幅圣诞封面插画，画中主角身穿深灰色大衣，衣领缀满绒毛，丝质高帽倒放在旁边的高椅上。在一间昏暗的小玩具店，试戴圣诞老人的红帽与白须。背景的架子上面，摆设着其他节期的应景面具与对象。在这幅图画中，圣诞节的神奇与独特荡然无存——无论是售货台上的圣诞娃娃和雪人宝宝，还是从主人翁大衣口袋中探头而出的猴子玩偶，都在暗示圣诞节已沦为另一个上街购物的节日。随着社会经济状况的变化，洛克威尔插画中的圣诞老人开始显得苍老与忧郁：有的为送给孩子的礼物发愁，有的苦心策划探访家庭的最佳快捷方式……但他们的身躯在孩子的眼光中，显得那么崇高而伟大。其中有这样一幅圣诞插画，主角是一位只见半边脸，棕发碧眼，年约 8 岁的小男孩儿。他抱着黛斯得百货公司的礼盒，躲在火车门后，注视着一位一脸倦容的老人，红帽与白色长须胡乱地塞在黑色大衣的口袋内，目光低垂，眉头紧蹙。这位老人，正是小男孩儿刚刚在黛斯得百货公司看到的心目中的偶像——圣诞老人。十多年后，同样的男孩又出现在他最后一幅圣诞插画中。这一次，睁大双眼的小男孩儿，在他爸爸底层的衣柜内，发现了一束花白的胡须与一套红色衣裤。他那副吃惊的逗人表情，仿佛在发问：真实的圣诞节，是不是只存在寻常百姓的衣柜底层？是不是只有在年复一年的十二月，才能惊鸿一瞥？

最能凸显洛克威尔画作幽默特质的，是那幅广为人知的《三人自画像》，这幅画独具匠心、别出心裁。他画的是自己一边对着一面镜子一边画自己，但他又不是真的一板一眼地把镜子里的自己画在画板上。事实上，画板上的洛克威尔没有戴眼镜，而镜子里他的双眼却藏到了眼镜的后面。如果再仔细观察，还能注意到，其实这上面不只是三个洛克威尔，右上角还有好几张他画的草图，加起来一共有九个。画家画自画像古来有之。洛克威尔这幅作品中巧妙地将其他画家的自画像嵌入其中。左上角的第一张小图是阿尔布雷特·丢勒 26 岁时的自画像，第二张是凡·高 36 岁时的自画像，第三张是毕加索的自画像，第四张是伦勃朗的自画像。可以说，这幅《三人自画像》充分表现出了作者独到的幽默，而幽默正是贯穿了画家一生的元素。

洛克威尔的画作源于生活，高于生活，充满了细腻、真挚、甜美、乐观、幽默的情愫，追求着自由、民主、平等、博爱，是一种理想主义的展示和再现。正因为这样，他的作品以真挚幽默的光亮，以极强的穿透力穿越时空，深入人心，打动受众。

第三辑

指尖流过的音乐，一面是沧桑，一面是震撼

天空像绿松石，海洋像碧琉璃，山冈像翡翠，空气像天堂。

太阳整天热焰当空，每个人都穿着夏天的衣服，入夜吉他歌声不断。

……总之，这真是爽快的生活！

——肖邦

王洛宾：美丽的等待

曾几何时，流浪歌王王洛宾所处的地位，比普通人更卑微。有一次，为庆祝由他作曲的歌剧《奴隶与爱情》排演成功，导演郑策特请他到鸿春园喝了一顿。那天店堂里有四五十个互不相识的食客，两杯酒下肚后，便有人又唱又跳起来。两位艺术家人在店堂，身不由己，硬是抱着自个的酒瓶挨桌和在座的食客逐一敬起酒来，而后加入又跳又唱的行列。

正是在如此落魄的日子里，王洛宾创作出了大量的、极富浪漫色彩的歌曲。《在那遥远的地方》这首歌，就是他在人微位卑时，遇见美丽的卓玛有感而发创作出来的。一天黄昏，牧羊女卓玛和王洛宾共同赶着羊群回到羊圈，仔细地清点着羊群数目。夕阳下的卓玛亭亭玉立，晚霞的余晖映照出卓玛的侧影，王洛宾被眼前的一切陶醉了。泼辣的卓玛感觉到了他的眼神，眼中也跳出了火苗，举起了手中的牧羊鞭，轻轻地打在了王洛宾的身上，转身跑了。王洛宾呆立在原地，轻抚着被卓玛打过的地方，用心品咂着那一鞭的滋味。虽然卓玛最终成了他人之妇，但一鞭之情诞生的这首歌一直携带在王洛宾的生命中，被当作保留节目走到哪里唱到哪里，不仅唱遍了中国，还唱遍了美、欧、非洲各个角落。

因为向往着歌声中那份醉人的浪漫，著名女作家三毛，专程到新疆拜访了这位神交已久却从未谋面的西部歌人。然而王洛宾远没有他的歌那么浪漫，咋看都是不懂人情世故的率性之人，交往一段时间后，三毛带着委屈、隔膜、痛苦一去不回，留给王洛宾永远的遗憾。抱憾之余，王洛宾写下了著名的《等待》：你曾在橄榄树下等待再等待，我却在遥远的地方徘徊再徘徊。人生本是一场迷茫的梦，莫将我责怪。为把遗憾赎回来，我也去等待，每当月圆时，对着那橄榄树独自膜拜。你永远不再回来。我永远等待等待，等待你回来……

率性真挚的王洛宾，在经历了太多的人生磨难后，总能够坦然地面对得失。虽然，在那份美丽的等待里，他的眼睛时常会涨满感性的潮水，在日月轮回中落寞含情地张望。但更多的时候，他只是一门心思简单地活着，只要有歌声为伴，他的心依旧能够伸出梦想的翅膀，在蓝天白云间自由自在地翱翔。

杨光：最凄美的笑

主持人问嘴角挂着笑、唱着《你是我的眼》一举获得 2007 年《星光大道》总决赛冠军的杨光，如果有一天你双眼复明了，你第一眼想看见的是什么？杨光说："我最想看见的，是妈妈的手，幼时我见过妈妈的手，可那时我是没有记忆的。我能够走到今天，正是因为有妈妈的手一直在牵着我。"杨光还说："《你是我的眼》这支歌，是我唱给母亲付红的。"

8 个月大时，杨光就因病双目失明，走进了黑暗世界。时至今日，他的脑海里根本就没有关于这个世界的任何影像记忆，没有任何颜色的概念。但他在人生旅途上，始终以乐观的方式寻找着色彩，在音符中描绘着美好生活，他用音乐唱着人类美好的心灵世界，唱着对生活恩赐的无尽感激。

音乐是杨光的生命，为了心中的音乐，他只能凭借感觉一次次练习走台，其艰辛和努力是可想而知的。通过苦练，他可以准确地辨别方位，向演出现场各个方位的观众行礼。他不但唱功好，而且是一位很好的键盘手，竖琴吹得相当不错，能独立创作歌曲；他模仿力极强，能模仿单田芳、文兴宇、刘欢、马三立、曾志伟等很多名人，惟妙惟肖、真假莫辨。可以说，他的音乐天赋是令人刮目的。

尽管在充满磨难的人生旅途上，杨光心中搁着许多辛酸苦痛，但在演出台上，杨光传递给观众的，永远是温情灿烂的一面。他说：“我的人生准则，就是把快乐、温暖传递给我的观众。”

有一次，杨光正要上台演出，突然传来父亲去世的消息，失亲之痛刹那间重重地撞击着他的心头。但一想到自己马上要面对成百上千的观众，想到平日教导自己的母亲，他立刻稳定了一下自己的情绪，面带微笑，走到了前台。后来，杨光在接受记者采访时说，虽然我的心地凄苦，但面对观众，我必须微笑。我的生命中，有很多这样的时刻，注定了是含痛带笑的，这些笑，是我生命中最凄美的笑。

杨光嘴角上那一抹凄美的笑，让《你是我的眼》这首歌更加动人心魄：“如果我能看得见，就能轻易分辨白天黑夜，就能准确地在人群中，牵住你的手……你是我的眼，带我领略四季的变换；你是我的眼，带我穿越拥挤的人潮；你是我的眼，带我阅读浩瀚的书海；因为你是我的眼，让我看见这世界，就在我眼前。”

杨光成功了。与此同时，他让我们知道了29年来在他身后默默无闻、锲而不舍地陪护着他的母亲，读懂了她慈祥背后付出的操劳和艰辛，看清了她安详、淡定的脸上，那一抹温暖的笑容里，镌刻着与凄苦命运不懈抗争的美丽。

陈晓旭：别样女子的别样心境

生命中最后的时光，一个晴朗的日子里，陈晓旭平和宁静地倚在窗前，看着窗外正在干活的民工，感慨地说了声："现在，太羡慕他们了！"仅此一句话，就证明陈晓旭从骨子里是眷恋生命的。虽然如此，但她更在意生命本身的完美和完整，她对生命完美和完整的追求表现在许多生活细节上。

1985年，《红楼梦》剧组选演员，18岁的她寄去一个沉甸甸的大信封，里边装着一封厚厚的自荐信、两张剪报（她自己的作品）、一张画报封面、几张不同角度的小照，资料齐全，有条不紊。其中一张小照背面写着一首小诗《我是一朵柳絮》："我是一朵柳絮，长大在美丽的春天里；因为父母过早地将我遗弃，我便和春风结成了知己。我是一朵柳絮，不要问我的家在哪里，愿春风把我吹送到天涯海角，我要给大海的角落带去春的消息。"读着这首春风一样的小诗，看着照片中纤细文静、手抚辫梢、恬淡、秀美，眉宇间似乎还有那么一点儿忧郁的姑娘，导演王扶林不由得心头一动，这姑娘不正是他遍寻不得的"林黛玉"吗？

陈晓旭成名之后，引来众多媒体关注，但她是个非常在意自己形象的人，尤其在意“林妹妹”在人们心目中的美好形象，所以轻易不接受媒体采访。中央电视台策划《红楼梦再聚首》节目邀请她时，一度遭到她的拒绝。她的理由是在这之前她上过其他电视节目，因灯光、化妆、摄像不好，毁坏了她的形象。后来，经导演再次联络，并说明再聚首的详情，保证在技术、化妆上精心安排，她才答应。据说，录制《红楼梦再聚首》节目那天，在候场区里，陈晓旭几乎在不停地修饰自己，尽管面容已由专业化妆师化过妆，但她还是不放过每个细节。在现场，她也是最注意自我形象的人，不时地平整衣领、裙边，捋着长发放在合适的位置。在长达几个小时的录制里，她始终保持着优美的坐姿。

就是在生命最后的日子，她也始终强忍着身体上的痛苦，以美丽温婉的形象示人。那些日子里，她的每一张照片，只要是面对镜头、面对众人的，就一定是微笑着的。其中有一张照片，她头上扎着一根用于针灸的钢针，却面带微笑，神情坦然。这样一种追求完美人生的境界，又有谁能不为之动容？

如许多杰出的文艺名人一样，追求生命完美完整的陈晓旭，性格中也有着无法抑制的淡淡的忧郁。她的一生，没有眉飞色舞的神情和繁多的手势，没有抑扬顿挫的声调和急速的语言，没有外在的张扬和澎湃的激情，她冷静、理性、安宁、平和、沉稳，给人一份别样的从容。

“轻轻地我走了，正如我轻轻地来，我挥一挥衣袖，不带走一片云彩……”拒绝生命的不完整，有一份淡淡忧郁却始终微笑着的陈晓旭做到了。虽说她是英年早逝，但她是带着完完整整的肉体和灵魂离去的。她的人生短暂而丰富，给世人留下的是一份不同寻常的心境，一种宁静安详的美丽。

高圆圆：美丽生命的出口

电视连续剧《倚天屠龙记》中，峨眉派第四代掌门周芷若，有着“芷兮帝子遭人妒，若烟若雾若飞仙”之态。她双目光彩明亮，眼波盈盈，秋波连慧，眼澄似水。样貌清丽秀雅，美而脱俗，纤而不弱，雅而秀气，远观近看都有一股神韵从骨子中沁出，真个是“清水出芙蓉，天然去雕饰”。她同时是一个内心激烈的女子，有多热烈，就有多冷血，静如冬蝉蛰伏，动则遍布杀机。

饰演周芷若的演员名叫高圆圆。高圆圆淡雅脱俗、清灵可人的美丽，自周芷若的情态容貌可见一斑。

高圆圆的美丽与生俱来。青春妙龄的她因为美丽撩人，加上生性活泼，爱露风头，一不小心就会遭受非议甚至敌意的眼神，有些人对她皱眉，还有一些人故意找她的岔子，让她难堪。她不能不敏感，不能不忧伤。她感觉自己就像是开在荆棘丛中的鲜花，总也躲不开纠结的芒刺。有一天，兄长下班后在院子里弹吉他，唱着一支忧伤的歌，高圆圆听着听着便泪流满面。

17 岁那年，第一场冬雪后的清寒里，高圆圆同几个闺中密友在街上闲逛，手上拿着羊肉串边吃边嬉笑。忽然一位女士走了过来，问她：“你想拍冰激凌广告吗？”就这样，高圆圆在屏幕上看清了自己：粉圆的脸、明媚的五官、艳丽的笑靥如木槿花盛放……

冰激凌广告后，她得到了摄制组工作人员的一致欣赏、认可。摄影师说，很少有这样的演员，任何表情、任何角度都美丽，换一个发型都会给人改天换地的惊喜。随后，她被介绍去 CCTV 试镜，拍广告的机会接踵而来。常常是这个广告拍完了，导演就把她介绍给下一个导演，下一个拍完了，第三条广告的导演在焦急地等待……

拍广告，为她忧伤的青春找到了一个崭新的出口。“你想知道清嘴的味道吗？”说出这句暧昧广告语的，正是高圆圆。画面中，高圆圆那双灵性的微微惊愕的大眼睛，显得黑白分明，画里有话，画外也有画，她用一盒清嘴含片挡住了自己的嘴。清纯无邪的“清嘴”广告一出，高圆圆即大红于天下。

不久，她开始了真正的演艺生涯。荧屏上，她的一举一动、一颦一笑，都闪亮、明快、动人，像一颗被擦亮的星。她说：“演戏，是一件很耗激情的事，要全心全意地融入角色，爱也好，恨也罢，都能让灵魂得以净化。”

闲下来时，她总是通过一些活动来磨砺自己的意志。有一次，她参加美女野兽登山队，去西藏登雪山，其艰难是可想而知的。但她心中有个信念：如果这么艰苦的过程能坚持到最后，一生之中还有什么是走不过去的？就这样，她咬牙爬上了山顶。站在雪山之巅，于蓝天白雪间，刹那间，她对人生有了全新的认识，她觉得自己是出水的莲，是静穆的石雕，是天地间一叶美丽的存在。

当她上穿一抹绣着大朵大朵金花的黑色胸衣，下着黑蓬蓬公主纱裙，足蹬一双细高跟白凉鞋，在戛纳电影节的红地毯上笑容满面、昂首阔步地走去的时候，我们看到，美丽而忧伤的生命，总会在恰当的时候，找到最为合适的出口。

杨丽萍：生命伴舞蹈绽放

有一则“心有多大，舞台就有多大”的广告，让我心动的不是广告词，而是时间交替中，季节变换里，那生动活泼的身形，灵动婀娜的舞姿。应该说，让我难以释怀的，是一种妙不可言的感觉，是生命在舞蹈的映衬下，可以优美绽放的所有的分分秒秒，时时刻刻。

杨丽萍是因舞而生的精灵，她的舞蹈在孤傲冷艳中透着干爽洁净，不含任何杂质，像月光一样纯粹透明。与此同时，她的舞蹈，让人自然而然生出的第一闪念就是一个“柔”字。那不单是仪态万方、柔情万种之柔，而是可以深入骨髓的一种柔艳、一种柔媚，让人冷不丁就心甘情愿全身心沉溺其中，无怨无悔。有一名记者曾这样描写过握住杨丽萍手时刹那的感觉：“她柔软到极致的纤手稍稍有点冰，让人觉得握在手中的是流动的水、吹过的风、飘拂的云。”杨丽萍舞蹈的质感由此可略窥一斑。

电视中我看过杨丽萍的舞蹈《树》《雀之灵》等，哪怕只是一个剪影，她双手的摆舞和腰肢的扭动，总是将一个月光女神般圣洁的形象活脱脱地展现在你面前。她总是精灵般让生命的律动从她周围荡漾开来，并带着特有的芬芳扩散到观众的心坎里。

有人说，看杨丽萍的舞蹈，常常让人感觉年华就此停顿，泪水在心中汇成河流。我以为，这种说法是本真的。因为当一种美在眼前绽放到极致时，就会感到一切语言、一切行为的表达都变得苍白无力。

如果说有着“钢铁节拍”，变化多姿，热烈奔放的踢踏舞，以非同寻常的外在的魅力，让生命的绽放具备了一种刚烈的表现形式。那么杨丽萍的“柔”，则是可以克刚的那种，可以蚀骨的那种。她韵味悠长的舞蹈，恰似民族之魂的一种深度绽放，让我们在领略什么是精美绝伦的同时，还可以在她舞蹈的余韵中，品咂到、感受到心灵深处花朵般绽放、音乐般流泻的内在的和谐。

贺绿汀：牧童短笛

牧童在牛背上横笛而吹。这是贺绿汀童年生活的一个剪影。虽然饱经磨难的童年让他难得有那份闲适的心境，但是在晚上，在乡村寂寞的夜晚，对一个童贞少年来说，又怎能拒绝这份悠闲，于是，吹笛成了他童年生活中一份美丽的心思。每天天一擦黑，他在赶牛入圈之后，便拿着一支横笛来到桥头或打谷场的稻草垛上，面对浩阔的星空，撮气轻吹。就这样，清远悠扬的笛音唤起了一个少年美丽烂漫的音乐之梦。

1934 年，欧洲著名作曲家、钢琴家亚历山大・齐尔品来中国举办“中国钢琴作品比赛”，当时正在上海国立音专求学的贺绿汀以《牧童短笛》应征，一举获得头奖，第一个叩开了中国钢琴音乐通向世界乐坛的大门。齐尔品把这首钢琴曲带到欧洲亲自演奏，并在日本出版。从此，这首钢琴曲闻名国内外，成为各国钢琴家们的常备曲目之一。这首钢琴小品以清新、流畅的音韵，呼应、对答式的二声部复调旋律，成功地模仿出了中国民间乐器——笛子的特色，向听众展示了一幅传统中国山水田园水墨图景，使人们仿佛看到江南水乡一个骑在牛背上的牧童，正在悠然自得地吹着牧笛。

因为亲历过民间疾苦，贺绿汀生活上一直十分俭朴。在他成名并任上海音乐学院音乐组主任时，身上依然穿着在当时都显见破旧、有些地方连肉都露出来了的衣衫。就是在自己女儿的眼里，他怎么也不像一位作曲大家，但他始终是一个生活的有心人。有一年，解放日报出画刊，需要借用贺老亲自画的一幅素描。贺老的女儿把镜框用报纸包好，要找一段塑料绳子包扎，却苦无觅处。这样的时候，贺老不慌不忙拉开了写字台的抽屉，就像拿出他心爱的乐谱一样，拿出了保存着的一段几尺长的塑料绳子。

贺绿汀视音乐为自己的生命。1940 年春天，他在重庆收集到了不可多得的 20 多本钢琴谱，从重庆取谱乘船返校的途中，船翻人覆。贺先生靠了他的好水性，才幸免于难。回到岸上后，他的衣裳湿透了，尽管站在寒风里瑟瑟发抖，但他一直坚持到将那包湿漉漉的乐谱捞上来后，才十分珍重地抱着它走回了学校。面对山河破碎，国土沦亡，他一颗火热的爱国之心随岁月沉浮跌宕起伏。他配乐作曲的《春天里》《四季歌》《天涯歌女》《秋水伊人》等电影歌曲唱遍大江南北;《游击队之歌》更是充满民族活力，让人百听不厌。

生活的苦难和磨砺，成就了贺绿汀。贺绿汀呢，则用他《牧童短笛》一样别致明了清新的人生，不懈不怠地放牧着他的民间风格，放牧着他的行云流水，放牧着他的美丽向往，放牧着不朽的民族深情。

李叔同：为谁归隐为谁颦

长亭外，古道边，芳草碧连天。晚风拂柳笛声残，夕阳山外山……李叔同的《送别》，历经几十年，传唱至今，成为无人不知无人不晓的经典名曲。他集诗、词、书画、篆刻、音乐、戏剧、文学于一身，深受鲁迅、郭沫若等现代文化名人的推崇，他们甚至以得到大师一幅字画为幸事。

李叔同在上海南洋公学读书奉母时，应上海文坛著名的沪学会征文，屡列第一。为沪上名人所器重，交游日广，以“才子”驰名于当时的上海。母亲过世后，他赴日本留学，作了一首《金缕曲》，词中有云：“二十文章惊海内，毕竟空谈何有！听匣底苍龙狂吼。长夜西风眠不得，度群生那惜心肝剖。是祖国，忍孤负？”可以想象，当时的他，是怎样的豪气满胸，怎样的怀着一腔炽烈如火的爱国情感。

从日本回国，时内忧外患，他旅居沪滨，忧时愤世之情时有流露。赠名妓谢秋云诗曰：“冰蚕丝尽心先死，故国天寒梦不春。眼界大千皆泪海，为谁惆怅为谁颦？”不久，他被南京高等师范请去教图画、音乐。后来又应杭州师范之聘，兼任两个学校的课，半个月住南京，半个月住杭州。这时候，他漂亮的洋装不穿了，换上灰色粗布袍子、黑布马褂、布底鞋子。金丝边眼镜也换了黑的钢丝边眼镜。虽然布衣，却很称身、整洁，另具一种“淡妆浓抹总相宜”的朴素之美。

他常常一个人到景春园楼上面吃茶，同时凭栏看西湖的风景。吃茶之后，常常顺便到昭庆寺去看一看。亦常常坐船到湖心亭去吃茶。有一次，一位“名人”来校演讲，他和夏丏尊居士却躲避到湖心亭上去吃茶。当时夏丏尊说：“像我们这种人，清心寡欲，出家做和尚倒是很好的。”

后来他入了道教，案头常常放着道藏。生活日渐收敛起来，仿佛就要远赴他方。他常把自己不用的东西送人。应酬也少了，关起房门来研究道学。其间，他入大慈山断食十七日，断食以后，他就学佛，出家为僧，法号弘一。他一贯到底，修行功夫愈进愈深。一举一动，都严肃认真之极。佛门中称他为“重兴南山律宗第十一代祖师”。有一次丰子恺寄一卷宣纸去，请弘一法师写佛号。宣纸多了些，他也要写信问多余的宣纸如何处置。他每次往藤椅里坐，总把椅子轻轻摇动几下，然后慢慢坐下去。他以为：这椅子里头，两根藤之间，也许有小虫伏着。突然坐下去，要把它们压死，所以先摇动一下，慢慢坐下去，好让它们走避。

李叔同一生为学生，为教师，为道人，为和尚，都做得十分认真。无疑，他的人生是个绚丽至极而后归于平淡的过程。屈原因楚王无道而忧国自沉，他则为超脱风尘，义无反顾地走上了归隐之路。

柏辽兹：带着音乐去流浪

下班回家的路上，遇见一个边走边拉二胡的“流浪艺人”。感觉中他拉得很美，时而行云流水，时而洋洋洒洒，时而哀婉缠绵，时而如泣如诉。他离开的时候，我竟怔怔地站在原地望了好一阵，直到他忧郁的背影渐去渐远。我想，他或者是个情感受挫的人，或者是个为生活所迫的人，但最终肯定是个放不下琴声、放不下心中梦想的人。

“流浪艺人”的背影，让我想起了 19 世纪法国伟大的音乐家柏辽兹。1828 年，英国肯勃尔剧团来到巴黎，在奥德翁剧院演出莎士比亚的《哈姆雷特》《罗密欧与朱丽叶》《李尔王》《奥赛罗》等剧目。当时 24 岁的柏辽兹看了 27 岁的爱尔兰女演员斯密森的演出后，在感觉莎士比亚对他“有如一阵雷击”的同时，感到美丽的斯密森对他“也是一阵雷击”。但是，落花有意，流水无情，斯密森没有接受他的求爱，并爽快地告诉他：“没有比这更不可能的了。”对柏辽兹来说，这无疑是沉重的一击。虽然后来柏辽兹和斯密森度过了一段美丽时光，但还是以失败而告终。柏辽兹的第二次婚姻，则更显得冷酷而不幸。他曾经的好友瓦格纳与李斯特私下谈到柏辽兹的第二任妻子时说："一个恶毒的女人可以毁灭一个辉煌的男人，她心里高兴了，却让男人很狼狈。"

贫困的生活，加上贵族社会对他音乐的漠视以及情感的屡屡受挫，1842 年起，他不得不多次往来于比、德、奥、捷、匈、英、俄等国，旅行演奏自己的作品，名副其实地过起了"在流浪中生存"的生活。

流浪的旅途中，柏辽兹创作了大量辉煌、嘹亮的音乐，也谱写了大量含蓄、宁静的作品。两种风格最集中地体现在他的《安魂曲》中。只是柏辽兹的音乐当时不被人接受和理解，这使他格外伤心，直到《幻想交响曲》被李斯特等音乐大家认定是藏在浪漫主义标题后面的古典杰作之后，他的音乐才被完全认可。瓦格纳曾经这样评价柏辽兹："贝多芬的精神飘逸到了他那里，这正是他非常向往的。而一当他拿起笔，血液中法国人的自然奔放就开始起作用了，应该说，柏辽兹的音乐本质上是民族的、法国的。"

柏辽兹的成就不是靠天赋，而是通过不懈的努力和创新，在流浪中找到了生命的方向。至少他自己也这么认为。成名后的一天，一位青年音乐爱好者来到他的家，演奏自己的曲子，征求柏辽兹的意见，并想拜他为师。不料，柏辽兹听完他的演奏后毫不隐瞒地说，你根本没有音乐才能，我这样痛快地给你这个结论，是为了使您赶快放弃音乐，另找出路。青年人听了，从头冷到脚，满怀羞愧和不安，垂头丧气地走出了柏辽兹的家。他走到街上时，柏辽兹却从楼上窗口探出头来，高声地向他喊道:“我不改变我刚才的评语，但我得补充一句，大师们当初对我也这么说。请记住你和我当初一模一样，知道吗，一模一样！”就这一句话，足以说明柏辽兹当初为音乐付出了多少。

在柏辽兹的世界里，旅途上的漂泊和流浪，是幸还是不幸，已是一目了然。“在流浪中生存”，不仅磨砺出了举世闻名的伟大音乐，也为我们造就出了独一无二的流浪音乐家。

莫扎特：清明之境

常人眼里，所谓清明之境，即脱离了感觉、情感和欲望。莫扎特的清明之境却不是这样。读过他书信的人都会有这样一种感觉，当你陷入痛苦的时候，他的脸会音乐般在眼前浮现；在你忧郁的时候，他可以引领你去听他心花怒放的、带有孩子气的、掺杂着几分悲壮意味的笑声。

莫扎特一生受着病魔侵蚀，没有谁生活得像他那么辛苦。他的一生就像是一场与贫穷与疾病无休止的战争，但他却是个不可思议地处于精神健康状态的人。他的健康是一种镇静、一种理智、一种天性。他具备所有的感情，但绝对没有过激的感情。他天性中极强烈的情绪就是骄傲，这一点他从不隐瞒，谁若伤了他的傲气，他就会直言不讳地说：“使人高贵的是心；我不是伯爵，但也许我的灵魂比伯爵高尚得多；当差也罢，伯爵也罢，侮辱我的人，就是坏蛋。”除此独一无二的激烈情绪外，他所拥有的是和蔼可亲、笑靥迎人的灵魂。他的生命时时刻刻流露着人间温情。他永远有一股兴高采烈的劲儿：无论什么他都大惊小怪地觉得好玩；老是在活动、唱歌、蹦跳；面对一些枯乏的事情，他或许会毫无顾忌地大笑一阵。

关于友情，他在书信中说：“不论在什么情形之下，不管在白天还是黑夜，只想为朋友好，竭尽所能使朋友快活的人，才有资格称为朋友。”对待爱情，他充满着甜蜜的兴致，在他一生病贫交加最痛苦的时期，他通过书信安慰妻子，让她看到他开朗的笑，但莫扎特那一腔柔情的笑是和眼泪极为接近的。对待亲情，他显得恬静平和。在父亲临终前，莫扎特在书信中写道：我希望得到好消息，虽然我已经养成习惯，对什么事都预备它恶化。死是我们生命真正的终极，所以我多年来和这个真正的朋友已经相熟到一个程度，它的形象非但不使我害怕，反倒使我镇静，给我安慰。我没有一次上床不想到也许明天我就不在世上了；然而认识我的人，没有一个能说我的生活态度是忧郁的或是悲观的。这是以永恒的生命为归宿的幸福。至于尘世的幸福，是靠了亲人的爱，尤其是靠了一个人对亲人的爱得到的。

作曲和演奏，同吃、喝、睡眠一样对莫扎特来说不可缺少。他在另一封书信中说，有这个需要是幸福的，只有这个需要才时时刻刻能得到满足。莫扎特的书信中也提到过金钱：“告诉你，我唯一的目的是尽量挣钱，越多越好；因为除了健康以外，金钱是世界上最好的东西。”这些话，局外人听来未免显得俗气。但莫扎特到死都缺少钱，因为缺钱，他的自由创作，他的健康，老是受到损害。莫扎特是个着眼于生活，着眼于尘世和实际事物的人，他要活，他要战胜病痛的折磨走向人生快乐。

莫扎特的书信，营造了一种清明之境，这种清明之境正是他用自己的生命营造出来的。在他看来，音乐是人生的绘画，音乐是动态的诗歌，音乐是真实情感的载体，是世人心中永无怨悔、永不止息、永不泯灭的追寻。

莫扎特：安抚灵魂的音乐

32 岁那年，武学奇才李小龙致力于电影《死亡游戏》的拍摄。然而，他怎么也没料到，拍摄电影《死亡游戏》，竟成了他生命中无法实现的心愿，他在感到疲累头痛躺下去之后，再也没有站起来。

李小龙的离去，让我想起了 18 世纪为生活所累而英年早逝的音乐大师莫扎特。35 岁那年，莫扎特投入到《安魂曲》的创作中，但他自己怎么也不会想到，安抚灵魂的作品《安魂曲》，竟成了他生命中无法完成的音乐。

李小龙和《死亡游戏》，莫扎特和《安魂曲》，似乎是冥冥之中的一种昭示。他们似乎都具备了一种先知先觉的、超越时空的感受力，对自己的英年早逝，一个闪念，就注解出不同凡响的韵脚。

莫扎特 3 岁时，便显露出超乎想象的音乐才能。有一天，莫扎特的姐姐玛丽安娜弹练习曲，他在旁边玩。姐姐因为怎么也弹不好，所以不断地被爸爸惩罚，手都被打肿了。3 岁的莫扎特看不过去，就爬上琴凳替姐姐弹，十分顺畅地就弹出了练习曲，爸爸一听便惊呆了。莫扎特无师自通的天分，导致姐姐从此对钢琴丧失信心，改为往家庭主妇的方向努力。3 岁的莫扎特因为手指不够长，在弹奏音阶比较长的曲子时，手总是来不及收回，于是他用双手分别控制高音部分和低音部分，中间的音节总是用鼻子的触碰去完成。

6 岁那年，莫扎特进宫廷给王室表演钢琴，女王玛丽·特雷西娅看他弹得好又很可爱，就把他抱到大腿上，问他要什么奖励。他挣扎着从女王怀里跳下来，强吻了女王 7 岁的小女儿玛丽·安托内特公主。女王被逗乐了，拉过莫扎特亲了又亲。也就是在那一年，莫扎特在父亲的带领下，到慕尼黑、维也纳、普雷斯堡做了一次试验性的巡回演出，获得了极好的反响。

然而，同他父亲一样，莫扎特作为一名市民音乐家，一直处于卑微的宫廷奴仆地位。为了生计，也为了争取人身与创作的自由，少年莫扎特总是不断地随父亲旅行演出。25 岁那年，也就是 1781 年，他毅然决然到维也纳谋生，成为奥地利历史上，第一个有勇气和决心摆脱宫廷和教会，维护个人尊严的作曲家。令人感叹的是，他虽然名义上是一位自由作曲家，实际上仍然无力抗争封建社会对他的压迫。繁重的创作和演出，生活的磨难，贫困的生活，损害着他的健康，导致了他的生命过早地飘零。

贫困中的莫扎特，在短暂的一生中，创作了大量音乐作品，他的演出虽然一而再再而三地引起轰动，却始终未能摆脱生活的困境。1791 年，也就是他生命中的最后一年，他创作了歌剧《蒂托的仁慈》《魔笛》，并在重病中着手大型宗教音乐作品《安魂曲》的创作，作品写了大半，便抱憾离去，被葬在维也纳一个不知名的贫民公墓。

作为市民音乐家，莫扎特的一生虽然遭受着剥削、屈辱、冷遇、贫困和痛苦，但在他的音乐作品中，更多的是他对光明、欢乐以及优雅人生始终不渝的向往和追求。莫扎特的人生是悲苦的，但他的音乐是真挚的、动人的、纯净的、欢快的、安抚心灵的。他的音乐作品中，找不到对生而为人一星半点的抱怨情绪；他的音乐生命中，爱和圣洁的光芒，永远在他的感觉世界温暖地环绕、温煦地照耀。

莫扎特与萨列里：指尖流过沧桑

都说莫扎特的曲谱，是“上帝借他之手”谱就的，在你用心感受它、触摸它的时候，心灵的震颤，刹那就滑过了指尖，将你带入无穷无尽的遐想之中，让你看见时光的叶片，在风雨飘摇中，一刻不停地演绎岁月深处的沧桑。莫扎特的音乐细节，就是生活的细节，它有如一棵花树，一段红墙，一角蓝天，让你的心灵刹那触摸到生活的脉络，感受雨的灵性，风的清和，叶的色泽，土地的凝重。当它一次又一次以水的方式流过你的耳际，对生活，对人生，你总能产生新的顿悟。

天才的莫扎特，那个在旁人眼里年少轻狂的莫扎特，在指挥台上激情飞扬，钢琴之前热情澎湃，乐谱纸上灵感横溢，几乎不费吹灰之力就取得他人永难企及的成就。有人说，莫扎特的音乐，是眼泪中的微笑，是枪炮丛中的玫瑰，大抵是欢快多于悲愁，清明胜于斗争的。傅雷先生也曾说，歌德经过了六十年的苦思冥索，经过了狂飙运动和骚动的青年时期而后获得清明恬静的境界；莫扎特却是自然而然的，不需要做任何主观的努力，就达到了拉斐尔的境界，以及古希腊的雕塑家斐狄阿斯的境界。

然而，王公贵族，除了把他的音乐当作偶尔的娱乐，没有谁真正听得出他音乐里的欢喜或悲愁，更没有谁赏识珍爱他的天才。甚至他那崇拜他的妻子，对于他的被他自己的音乐灼烧着的心也不能明白多少。如此种种，他的晚景怎能不寂寞，怎能不凄凉？好在，有一个萨列里。

萨列里，唯一一个理解莫扎特音乐，唯一一个珍惜莫扎特才华的人。他自己耗尽才智去接近音乐，去寻求恢宏绚丽的音乐乐章，却了无进展。而莫扎特，在他面前一出现，出手之间，就是他追寻已久梦寐以求的华丽乐章。从那一刻起，他觉得上天不公，于是下意识地嫉妒陷害这个毫无心机的天才同行，阻挠他在宫廷的发展。然而，音乐，终归是萨列里与莫扎特共同的灵魂，萨列里的另一面，是不忍心让莫扎特的天才埋没，让那些美妙的音乐未出世就夭折。所以，他会在莫扎特最潦倒的时候送去钱财，在莫扎特倒在剧场时送他回家，甚至甘愿为莫扎特写下最后的生命乐章……莫扎特之所以成为独一无二的人物，一方面是因为具有天生的清明气质，另一方面也许就是残酷命运不断的摧残吧。

莫扎特与萨列里，两个为音乐而生的人，当他们的灵魂碰撞在一起的时候，音乐，在生活指尖流过的，一面是沧桑，另一面是震撼。

肖邦：生命的夜曲

记得一篇《把我的心脏带回祖国》的文章，写肖邦的，文内有两幅插图，第一张图片上，肖邦年轻而活力四射；第二幅图片上，肖邦虽然还是那么年轻，但眼睛里却流露出一丝丝的忧愁，脸上乐谱般写满了人生沧桑。

因继承和发展了英国作曲家费尔德的《夜曲》形式，肖邦成为一代音乐大师。他在费尔德“奏出夜的寂静，似梦一般优雅”的旋律的基础上“吹进戏剧性的气息”，辽远静寂的情境中饱含热情，将夜曲诠释得淋漓尽致，达到了超然卓越的境界。他的夜曲感情细腻，情深千尺而澄澈见底，以沉思和痴迷的姿态直入人的心底。鲁宾斯坦演奏的肖邦夜曲，有“月光似要滴出水”的感觉；傅聪演绎的肖邦，展现了肖邦灵魂中漂泊流浪、心无所依的孤独沧桑，那浪漫的情绪、忧郁伤感的色彩，恰到好处地展现着作曲家柔美入微的心境。

肖邦不媚低俗的优雅格调，使夜曲在甜美旋律中，能自然表现内在的深刻情感。他也许不适合高响度的宏伟作品，但其细腻的情感和珠玉般的音乐变化，却成就了他夜曲般的迷人气质。然而，当他的夜曲作品初次出版时，却遭到德国著名乐评家列尔斯塔的无情抨击，称肖邦的作品比之费尔德的夜曲有欠自然，加入了过多的“香料和胡椒”。

虽然得不到名家的认可，但肖邦对属于自己生命中的夜曲从未放弃过追求。这期间，肖邦遭遇病魔缠身，随时在听候死神的召唤。尽管如此，就像他一生钟爱闪耀的星星、光洁的珠玉一样，他为数众多的乐曲中总闪烁着深思远虑的装饰音，在所有的装饰音后，闪耀着他诗情般的高贵，是那样品位超卓，不同凡响。后来，音乐大师舒曼在评价他的作品时说：“经过人生的磨炼和自然风光的洗礼，肖邦的夜曲又发展到了一种新的境界，那是一种更纯净的诗意的夜曲，一种最美的旋律。”洪奈克也曾含泪说道：“直到死亡之日，他还精心编织着他生命的夜曲。”

因体弱多病，肖邦只活了 39 岁，在他离开尘世的那年冬天，肖邦在给好友冯坦那的信中说：“天空像绿松石，海洋像碧琉璃，山冈像翡翠，空气像天堂。太阳整天热焰当空，每个人都穿着夏天的衣服，入夜吉他歌声不断。……总之，这真是爽快的生活！”肖邦短暂的一生虽然饱经沧桑和磨难，但他带着浓重浪漫色彩的生命却镶缀着无数晶莹耀眼的钢琴曲珠玉。他的夜曲的优美旋律穿过近两个世纪，还在今天的夜空中闪耀，也许，正是因为他夜曲中“香料和胡椒”具备了不可扼杀的生命力的缘故吧！

巴赫：不是小溪，是大海

在音乐的海洋里，巴赫是一个可以让“每个音符都歌唱起来”的旷世奇才。他独具灵气，虽然他的音乐缺少贝多芬的险峻，缺乏莫扎特的馨香，但它散发着一种生生不息、循环往复、历久弥新的韵味。他那神秘而深刻的音乐给人带来的，是永恒的宁静和满足。贝多芬第一次听到巴赫的作品时，脱口而出说了这样一句话：“他不是小溪，是大海！”贝多芬所以这样说，一方面是因为在德文里，“巴赫”是“小溪的”意思；另一方面是因为在他的感觉中，巴赫的音乐是如此神秘、耐人寻味，如大海般变幻莫测。

当进入巴赫的音乐，因为理解的差距，最初，也许你什么也看不清，感觉里只有冰冷、空寂和昏暗。然而，当你渐渐接近了巴赫的音乐，你会发现巴赫构筑的音乐殿堂里充满了光、热情和美，你会感到，那儿的舒适宁静让你得到了前所未有的满足。著名音乐指挥家卡拉扬曾说：“我走上前台，举起指挥棒；站在巴赫那充满温暖和光照的音乐里，感到了无与伦比的快乐，沮丧的心也会很快振作起来。”

生活中，天才若不是处在极端贫困的阶层，也常常困在生活的艰苦里。出生于德国爱森那赫市音乐世家的巴赫，10 岁时失去双亲，15 岁时为生活所迫，只身离家，走上了独立生活的道路。他靠美妙的歌喉与出色的古钢琴、小提琴、管风琴的演奏技艺，进入了吕奈堡米夏埃利斯教堂附设的唱诗班。业余时间，他一头扎进藏有着丰富古典音乐作品的图书馆，像块巨大的海绵，全力汲取、融合着欧洲各种流派的艺术成就，开阔着自己的音乐视野。在假日，他常常会步行数十里去汉堡聆听名家演奏。因为他的虚心好学，虽然他自始至终未得到过一位老师正式的长期的指导，但他吮吸到的音乐营养却极为丰富。

就像伟大的画家凡·高一样，在音乐世界里，巴赫是“一个清苦而孤独的巨人”，贫困与死亡像一对可怕的魔影与他紧紧相随。即使如此，孤独的巴赫从来没有停止过出发的脚步，总是不遗余力地翻越着一座座音乐高山。活着的时候，既没有显赫的地位，也没有得到社会的承认，但他的音乐是如此神奇，深刻、完美而无懈可击，就像一片蔚蓝色的海洋。知名学者阿尔伯特·施韦策在文章中这样写道:“巴赫是一个终结者，他没有产生什么，可每一样事物都通向他。”也有人说：倾心音乐的人，总是始于莫扎特、贝多芬，而止于巴赫的。

舒伯特：谱在账单背面的名曲

音乐史上的大音乐家舒伯特（1797—1828），一生穷困潦倒，只活了 31 岁。但他留给后人的音乐财富，价值却难以估量，光是艺术歌曲就有 600 多首。时至今日，人们仍在传唱他的《魔王》《牧童的哀歌》《迷娘之歌》《菩提树》《小夜曲》《野玫瑰》《摇篮曲》等。因为他的歌曲形象鲜明，具有天使般优美纯洁的旋律，情真意切，所以在欧洲音乐史上，他被尊为“歌曲之王”。

舒伯特脾气温顺，赤子般的纯真笑容永远挂在脸上。他人缘极好，身边总围绕着一群关心他的贫寒之交，这些朋友有的在他困顿时接济他；有的用诗歌给他带来创作的灵感；有的在他生前身后尽心竭力推举他的音乐。虽然他的作品众多，但没有可以支撑正常生活的经济来源。有一个时期，他在朋友的引荐下，于贵族生活环境中当起了家庭教师。但他从骨子里喜欢随兴的生活，对社会地位、贵族生活全然没有兴趣。只要手头有钱，便呼朋唤友到咖啡店小坐，钱花光了再由朋友接济他。

对于文学特别是诗歌，舒伯特有一种天生的亲近倾向，他会用同一首诗作，谱写不同曲调的曲子，比如歌德和席勒的作品他就常常反复谱曲。他总能在音乐与文字间找到种种和谐，得心应手地表达所想表达的情感。

这种随心随意、与世无争的生活，常常将他推至潦倒的境地。为了生存，他甚至有过将乐曲谱写在账单背面的经历。一天晚上，他徘徊在维也纳街头，饥肠辘辘，口袋里却一分钱也没有。因为肚子问题，他本能地走进了一家饭店，可是他身无分文，怎么能点菜吃饭呢？这样的时候，他希望有朋友熟人进来，帮他解困。但左顾右盼，始终没有见到一张熟悉的面孔。正在失望之际，餐桌报纸上，一首小诗跃入他的眼睑。作曲家的本能立即把他的思绪转到诗歌的意境之中。他浮想联翩，乐思绵绵，立即将它谱成歌曲并写了出来。他把这首歌拿给饭店老板看。老板从他的衣着、脸色中悟出了他的意思，便用一份土豆烧牛肉，换了他的这首歌曲。多年之后，这张谱有歌曲的账单被送到巴黎拍卖，以四万法郎起价。这首歌曲就是著名的《摇篮曲》。

《摇篮曲》舒缓、亲切、深情的旋律，渗透到了世界上多少母亲的心底啊，它轻轻地催着婴儿入睡，让孩子拥抱着母爱的温暖进入梦乡，让他们在亲情友好的氛围中，做着天使般智慧美丽的梦。《摇篮曲》是无价之宝，是无法用价格去衡量的。可惜，处境艰难的作曲家，竟然饿着肚子，向人类展示他卓越的天才。人们常说“穷而后工”，对于艺术家来说，人生的困厄恰恰是他们上进的阶梯。

萧伯纳：纸上的浪漫

继莎士比亚后英国最杰出的戏剧家萧伯纳，一生中留下了大量的著作，也留下了一摞摞情书，是个典型的好逑者。他疾恶如仇的品格和渊博的学识，使他敢于坦言、善于流露人与人之间的赤诚和真情，虽然有时不免引起一些人的误会，但更多的是融洽。

从 1892 年起，他和英国历史上有着容貌之美、性格之美、心灵之美的最伟大的女演员爱兰.黛丽保持了三十多年的书信联系。三十余年的人生变幻，世事变迁，他们一直意气相投，通过书信维持着纯洁的友谊。

爱兰和萧伯纳之间的友情有着纯洁恋爱的性质，她对待友情的态度要么真挚热烈，要么毫不流露。从某种意义上说，她的朋友就是她的情人。她敬重有智慧的男子，同时有着慈母的天性和敏锐的恻隐之心。爱兰和萧伯纳之间的通信缘于想帮一个很有才华的青年音乐家的忙，当时做音乐评论记者的萧伯纳顺水推舟，伸出了援助之手。与此同时，两个擅长笔谈的人自然而然萌生了倾慕之情。

萧伯纳和爱兰之间的书信往来，就像在喜剧舞台上一样，彼此都想让对方觉得快活有趣，绝对没有什么不可告人的动机。爱兰以为，她之所以能安然度过一切艰难困苦，完全是因为自己有一种从未做过错事的感觉。萧伯纳给一位好友去信时说：“我和爱兰彼此的寓所虽然距离很近，只要付出一先令的马车费便可以往来，但我们从来不曾私下秘密会面过。”

在考特剧院排练室，他们有过一次会晤闲谈，但被贸然走进来的年轻的美籍演员詹姆斯·卡鲁打断。就在那一刻，求偶甚荷的爱兰一眼就认定了卡鲁做她的丈夫，幸运的卡鲁被她毫不犹豫、不可思议地装进了自己优雅的、温情脉脉的口袋。

即使如此，在萧伯纳心中，爱兰永远是年轻而美好的。萧伯纳后来整理出了给爱兰的书信集，他在序言中说：“也许有人会埋怨这一切都是纸上的，但要记住：人类只有在纸上，才会创造光荣、美丽、真理、知识、美德和永恒的爱。”

林志玲：把身段放软

一位特级厨师教徒弟削菠萝，刀法娴熟，一眨眼的工夫就将几个菠萝削好了。徒弟在一旁看得目瞪口呆，半天才回过神来：“师傅？你怎么削得这么快，又可以不伤及自己呢？”师傅笑了笑，拍了拍徒儿的腰身：“孩子，其实也没什么，削菠萝的时候，想要不伤及自己，只要把身段放软，身体千万别僵着硬着就行了。”其实，做人何尝不是如此，放软身段，低姿态做人，生命就会更有弹性，更有活力。

在娱乐圈，林志玲就是这样一个放软身段成就自己的典型。30多岁的她，早已过了模特儿的黄金年龄，但娱乐圈的种种界限和禁忌因她而打破。她不会唱歌，主持节目也不够有特色，演戏也只是新人，唯一让人眼睛一亮的是模特儿走秀，可是作为模特儿，她又年龄偏大，身材不够高，但她能从头到脚为20多个品牌代言，名正言顺取代林青霞、萧蔷等人，成为台湾当之无愧的第一美女。她不用拍剧集、作访问、上综艺节目，只要在光鲜场合换换衣服就是广告女王，她的形象出现在众多频道，让人百看不厌。她的美，美得恰到好处，多一分则腻，少一分则淡。有人说，她是21

世纪的芭比娃娃，就算是惊鸿一瞥，也可以撕开一个正常男人的所有幻想。

她为什么会这么走红？关键是她善于放软身段。她这样说过，《三国演义》出演的是男人的戏，小乔在其中，如水一样柔软、温柔，但水的力量同样可以强大，它可以以它的柔软，融化一切。在美丽之外，如水柔软，正是林志玲多年的成功哲学和生存法则。可以说，正是她的美和她为人处世的柔软身段，使她具备了让社会闭嘴的潜力。林志玲的造型师时家宁说："她是我见过的最会做人的女人。"在他看来，林志玲从不会让自己的主观喜好，抹杀别人的努力和心思。造型师准备的每一件衣服，她都一定会试穿，就算是最不喜欢的动物纹款式，也是如此。她从不把自己的压力转嫁到别人身上，总是设身处地让身边的人可以在轻松的氛围里工作。再比如说邀约，常常需要依赖经纪人负责拒绝邀约，并长袖善舞地与人保持一定的关系。但对林志玲来说，若有必须推掉的邀约，只要对方是认识的人，不管再忙、再累，她都会尽量亲自打电话给对方，或当面和对方说明。

她的柔软，表现在生活的细枝末节中。有一次，林志玲代言的浪琴表举行招待会，浪琴表副总张正勋希望可以请林志玲表演一段舞蹈，但经纪人认为不适合，怎么也不同意。林志玲在旁听到这个情形，等到出场时，自己偷偷脱了鞋，光着脚上了台，在原本只是要摆摆 Pose 的段落中，跳了一段长长的舞蹈。让张正勋惊讶的还不止于此，浪琴表邀林志玲到西安宣传，与当地 100 多位经销商一起吃饭，一桌一桌的经销商走到台上，和她合照、握手。张正勋注意到，身高 174 厘米又穿高跟鞋的林志玲，总是膝盖微弯，蹲到和对方一样的高度，眼神平视地和对方握手。“她就那样总共蹲了八十几次，我从来看不到任何一个艺人这么做！”因代言活动，经常与港台大明星互动的张正勋大声惊叹：“这就是她的身段，她的身段非常柔软。”

林志玲正是这样，把自己放在比平凡人更低的位置，懂得像水一样随遇而安，适时调整自己。她从不在意别人身前身后如何评判，做着自己认为值得做的事，走着自己认为值得走的路。正因如此，她一路走来，不但可以安身自在，还能在复杂的人际关系中与他人和谐相处。

为人处世，把身段放软，可以让生命富有弹性和活力；把身段放软，不是委曲，不是求全，恰恰是以退为进，以退为进的人生，常常会如鱼得水，游刃有余。

第四辑

成功的花，开在穿越苦难之时

如何让你遇见我，在我最美丽的时刻，

为这，我已在佛前，求了五百年，求佛让我们结一段尘缘。

佛于是把我化作一棵树，长在你必经的路旁。

阳光下，慎重地开满了花，朵朵都是我前世的盼望……

——席慕蓉

叶诗文：越质疑，越惊奇

不明发光体出现在人们视界时，人类总会有各种各样的联想、疑问。人世间的奇迹一旦出现，或誉或毁，也在情理之中。她 16 岁创造奇迹时，各种复杂心理导致的非议将她团团包裹，但她面对质疑，没有陷入抑郁的氛围中，而是不愠不火，从容淡定。她知道，是金子，就算蒙上灰尘，也还是金子。

早在 2010 年，亚运赛前，她突发牙痛，检查后，因担心上麻药影响兴奋剂检测，她硬是忍着痛，从牙龈抽出血来进行减压处理。为此，美国电视新闻 CNN 对她在亚运会夺冠做出了预言。果然，首次参加亚运会的她，在女子 400 米个人混合泳中夺冠。那时，她 14 岁。

她手大脚大，有着与生俱来的绝妙水感，这也许正是她作为游泳选手的优势所在。应该说，她是那种能在水里飘起来的运动员。但天才也有一个蜕变的过程，上幼儿园的时候，她就被推荐到体校练习游泳，一年 365 天，除了泳池换水的几天，她一天也没落下。有一次，她的小腿因不小心被刮破，缝了 9 针。但休息不到十天，她就迫不及待地回了体校。她的启蒙教练说："这个女孩从不吵闹，你给她多少任务，她都会完成。”教练交代游 10000 米，只会游 12000 米，绝不会游 9900 米，丝毫不会偷懒。

日转星移，她的训练更加刻苦，变得爱动脑子，爱琢磨，出现过的错误动作，纠正后很少再犯。她特好强，有一次，她周末回家，在饭桌上沉着脸，想着心思，突然间，她放下碗筷，跑到阳台大喊道:“我一定要赢了你！”原来前一天队内比赛中，她输给了年长她的队友。加训一个月后，她真的赢了回来。日复一日的磨砺，增强着她对游泳的信心，随着时间的推移，她的体态愈显健康苗条，游泳于她而言，已经成为一种享受。就这样，资质天成、健康苗条、技能娴熟的她，轻轻松松打破了世界纪录，获得奥运金牌。

天才经得起质疑，越质疑越惊奇。菲尔普斯在北京奥运会史无前例地夺得 8 枚金牌，经历了严格的兴奋剂检测。事实证明，菲尔普斯的成功与兴奋剂无关。博尔特也在鸟巢一鸣惊人，当时就有不少名宿、媒体纷纷惊呼“博尔特的奇迹是兴奋剂的奇迹”，检测结果一出来，人们不得不相信，博尔特速度本就是上天的赐予。历届奥运会，索普、刘易斯、约翰逊……一个个如雷贯耳的名字，一项项当时匪夷所思的成绩，都在质疑被打破之后，烙入人们记忆深处。

她——叶诗文，也不例外，成功后的质疑，让她成为奇迹中的奇迹，一块灰尘蒙不住的金子，一个异乎寻常的发光体。

闻一多：旧世界的叛徒

1941 年，闻一多全家老少八口搬到司家营时，经济状况已不堪设想了。目睹闻一多一家的生活困境，一位好友对他说："云南出产象牙，昆明又盛行牙章，你懂艺术，又会刻图章，为什么不利用这门手艺呢？"

朋友的话提醒了他。他早年就喜欢篆刻，还因此专门研究过古文字、甲骨文、金文等，他擅长楷书、隶书，小篆也别具风韵。不久，他购置了刀具和材料，回到家里，笑意盈盈地对夫人高真说："我还有一双手，别的劳动不会，刻图章的力气还是有的。"高真点了点头："你可以试试。"就这样，他开始了刻牙章的尝试。在刻第一颗牙章时，他刻了整整一天，手指磨破了，却丝毫没有放弃的念头。

1943 年，闻一多开始挂牌治印。那年秋天，闻一多先生的书桌上，新添了一本自编的印谱。封面左侧端正地题了"匡斋印存"四个字，下署民国三二年九月——闻一多开始挂牌治印的时间。同事浦江清在《闻一多教授金石润例》一文中赞道："浠水闻一多先生，文坛先进，经学名家，辨文字于毫芒，几人知己；谈风雅之源始，海内推崇。……黄济叔之长髯飘洒，今见其人；程瑶田之铁笔恬愉，世尊其学。”浦江清认为：“黄济叔是明代刻印名家，长髯飘洒，可喻闻先生之风度。程瑶田是清代经学名家，兼长篆刻，拟闻先生最为恰当。”

因对古文字有深厚研究，又专攻过美术，能从艺术的角度构思，颇具匠心，闻一多刻出的图章迥然不同于俗笔。加上他是极有名望的文学名家与大学教授，挂牌治印一些时日后，慕名求印的接踵而来。闻一多本来教务繁忙，这样一来，更是忙得不可开交。深夜，孩子们睡了，他听着孩子们均匀的鼾声，奋力刻印。白天，与朋友说事，他往往也要拿着牙章刻几个字。这样的时候，他风趣地说：“我是个教书匠兼手工业劳动者。”从 1944 年 4 月到 1946 年 7 月三年间，闻一多在印谱上留下 1400 方印。就这个数目而言，已近每天一方。事实上，他还有不少印章没留在印谱上。

闻一多治印虽是为了谋生，然操守极严。1945 年“一二·一”惨案以后，镇压昆明学生运动的祸首李宗黄，为附庸风雅，居然送一方玉石来，请闻一多刻印，限两天刻好，答应润例优厚。闻一多根本没放在心上，将玉石原样退回。为此，李宗黄对闻一多恨之入骨，令特务将商店中代闻一多收件的吊牌一一砸烂。

也是在那一年，民盟云南支部组织有了发展，为方便开展工作，防止国民党特务破坏，各种文件都以个人名义传送。一天晚上，民盟云南支部召开会议，议定用“田省三印”代表民盟云南支部，用“刘宓之印”代表秘书处，用“祖范之印”代表组织部，用“杨亦萱印”代表宣传部。刻印的事，闻一多主动担当起来了。第二天清晨，他拿了这四方印章交给楚图南。楚图南“望着一多布满血丝的眼睛，接过了四枚图章，深深地为一多的忘我精神所感动”（楚图南《纪念战友闻一多》）。同年 10 月，西南联大成立时代评论社，出版《时代评论》周刊。作为创始人之一，闻一多在评论社成立的当晚，刻了一方“时代评论社章”隶书印章。据说，闻一多刻的隶书印章，只留下这一方了。

闻一多给自己刻过几方印章，其中有一方“叛徒”印章，是他题词时常用的。他说：“为什么叫‘叛徒’呢？因为我要做一个旧世界的叛徒！”

宋美龄：那一抹容颜

美丽对于女人是至关重要的，上天赋予她靓丽的姿容，这是她作为女人引人注目的地方。在自然的美丽之外，历史在她的身体里沉积着一种沧桑之美。她的婚姻固然笼罩在政治阴云中，但她的一生依然是不可抹杀的一抹美丽。

早在美国读书期间，她就倍受老师和同学的欣赏。她身材丰满，体态轻盈，一条梳得一丝不苟的长辫垂在身后，将她衬托得风姿绰约、楚楚动人，加之举止文雅，热情大方，宛如一朵夏日里盛开的红莲，饱满、热烈，深深吸引着同学和老师的目光。美国马萨诸塞州韦尔斯利女子大学的一位教员，对她作过一份保密的评价，一直收藏在该校的档案室中。她写道："她是受人倾慕的，不仅仅因为她和她的两个姐姐一样漂亮，而是因为她有激情，待人真诚。"

长期生活在美国的她不忘中国风俗。每当同姐妹们一起时，她就换上中国旗袍。那时，美国人视抹胭脂涂口红为伤风败俗，她则没有这种偏见。有一天，她用中国粉搽了脸，还涂了口红，有人注意到她脸上的变化，便惊讶地叫道："亲爱的，我想你脸上化了妆吧？"她不以为然地回答："搽的是中国粉！没什么奇怪的！"她的伶牙俐齿，往往让她轻松自如摆脱困境。回国后，她打破青年女子只能身着筒式上衣的惯例，经常满不在乎地穿着一身剪裁时髦的女式骑装，戴一顶秀雅的宽檐女帽。这种标新立异的做法，颇受时髦女郎崇尚。

1937 年初春，她计划短时期内把中国空军改造成像样的军种，便给美国老飞行员陈纳德去了一封信，问他是否愿意到中国当空军顾问。6 月初，陈纳德抵达上海。一个炎热的下午，霍布鲁克带他去见她和澳洲籍政治顾问端纳。当天晚上，陈在日记上写下他会见她的印象:“她将永远是我的公主。”在陈纳德的努力下，很短时间就培养出一批具有一流素质和爱国心的飞行员。8 月 14 日，日寇木更津空军联队 18 架轰炸机自台湾新竹基地起飞执行轰炸杭州任务，日寇机群越海窜入宽桥上空，中国空军第四大队大队长高志航率领 27 架战斗机升空拦截，击落 6 架敌机。第一次经历空战的中国空军，无一受损，创下了光辉的战果。

她是个十足的女中能人，本质上又是一名学者。她曾说幸福就是终生能够阅读、学习和写作。她的东方气质和西方谈吐为男性政治带来了引人入胜的遐想。1943 年，46 岁的她在美国国会用流利的英文发表演说，使国会议员为之动容，她的手势、她的声音以及她眼中所闪烁的光芒，使众议员如醉如痴，获得了满堂喝彩和经久不息的掌声，成为中国人永久记忆中的一部分。丘吉尔在回忆录中说：“她是一个非常特殊极有魅力的人”。

她一生极其珍视美丽。从年轻到老时，每天都花许多的时间“对镜贴花黄”。每次在公开场合出现，她都不假他人之手认真地化妆，直到满意为止。她有着爱美女人的怕老心态。经常让人为她拔掉新增的白发。虽然美貌日复一日似水漂流，但她那颗爱美的心却一直在心底跃动。她喜好跳舞，热衷音乐，尤爱世界著名小提琴演奏曲。同时具有绘画天赋，可以在众目睽睽之下从容作画。

她叫宋美龄，她非同寻常的一生，聚集着美丽、富有、学识和权势。在政治舞台的 20 年间，既具倾国倾城、美丽高傲的格调，又有深入民间，关心民众疾苦的时候；既留下了耍政治手腕、玩弄权术的阴影，又散发着崇尚美德、倾心美丽、孜孜以求、始终不渝的人生光亮。

乾隆：心中的木鱼石

乾隆定永琰为储君后，觉得熟悉民情对一个君主来说是治国的根本，有心让永琰走出书堆，让他出去考察民情，吃点苦头，历练一番。便令永琰带两侍从出宫寻访一种神奇的石头——传说中能给人智慧、勇气和力量的木鱼石。

永琰谨遵父命，微服混迹于人群之中，一路寻访而去。这天，到一家饭店还未坐定，见两官府中人逮住一乞丐伸手要钱，说是收讨饭费。正感蹊跷，不料两官府中人来到了他们面前，伸手说，外乡人，乖乖交钱吧。永琰说，我又不是讨饭的，为何要交钱？官府中人说，外流人员，出来打工当然要交打工费。侍卫要发火，被永琰拦住了。饭毕，掏银付账，店家接过，左咬右看，喜形于色，说，竟是真的纯的呢！永琰觉得奇怪，问侍卫：难道说别人付账的银子都是假的不成？旁边一位商人模样的人搭上了话：这年头，若是人咬了狗，大家都司空见惯，若是狗咬了人，倒觉得非常稀奇。永琰道，这假银子遍布天下，难道官府视而不见？商人说，不是说狗咬人是奇事，人咬狗不是奇事么，如今若真有治假的，那必定是狗咬了人。官府比那银子还假着呢，不然打假二字就不会被说成

“假打”了。

永琰带着两侍卫一路行来，拣有山石的地方敲敲打打寻找木鱼石，找不到一个会唱歌的，却感到哀鸿遍地，民不聊生，吏治腐败，百姓生活在水深火热之中。永琰再也无心寻找木鱼石，伙同两身手不凡的侍卫为水深火热之中的老百姓打起了抱不平，虽然多次身陷囹圄，吃了不少苦头，好在两侍卫身手不凡，每次都能及时将他从牢狱中救出。

乾隆召永琰回来，见他身板硬朗，双目炯炯，脸上透着刚毅，心下十分欢喜。便问他找到木鱼石没有。永琰愧疚地说，儿臣敲遍三山五岳的石头，无一块会唱歌，只看到贪官污吏石头一样多，并没有寻到那木鱼石。乾隆道，我儿宽心，你已寻到，我早已看见了。

其实，木鱼石终究是一种传说，乾隆心中的木鱼石是永琰对民间生活的真正体验，对人心归宿的准确掂量，对朝野世事的深刻洞察，而这些正是他所期望的。正因如此，乾隆驾崩后，永琰下大力治理朝政腐败时，才胸有成竹，练达沉静，不动声色。

武则天：无情有情皆诗情

天真可爱的少女武媚娘，因为命运的安排，自入选宫廷那天起，就卷入了种种爱恨情仇、宫廷阴谋乃至家国兴亡的机缘之中。可她不想迷失自己，她宁愿抛开这一切追寻她的美好梦想。但是，当她永远失去所爱的人及爱她的人时，她终究擦干了眼泪，选择了坚强，去迎接未知的命运。看电视剧《至尊红颜》，心中总不以为然。历史上，武则天是个多权谋、性巧慧的女政治家，于情，她有真切的时候，但绝没有剧中编排的那样痴迷执着。

武则天是一位颇有才气的女诗人。一年冬天，武则天突然兴致大发，带着妃嫔、宫女到上苑饮酒赏雪。此时大雪刚停，假山、凉亭、小桥、长廊一切景物都穿上了洁白的素装；各种花草树木虽说枝叶凋零，但经雪一打扮，犹如玉树银花，显得格外妖娆；偶尔飞过的小鸟，将枝条轻轻一掸，便撒下团团白絮，好似一只只飞舞的蝴蝶。武则天看得入了迷，没想到雪中景色竟是如此绚丽。突然间，她发现皑皑白雪堆里，有点点燃烧跳跃的火苗。仔细一看，原来是朵朵盛开的红梅。武则天高兴极了！嫔妃们一看她如此欢喜，都争相给她敬酒，有个妃嫔说：“梅花再好，毕竟是一花独放。如果你能下道圣旨，让这满园百花齐开，岂不更称心愿？”如此一来，武则天当即赋诗为旨。诗曰：“明朝游上苑，火急报春知。花须连夜发，莫待晓风吹。”花神奉旨，当夜催开百花，翌晨，御花园内，百花齐放，争奇斗艳。唯牡丹傲骨，独不奉诏。武帝大怒，将之贬去洛阳。

就这首《腊日宣诏幸上苑》,《全唐诗》解云：“天授二年，腊，卿相欲诈称花发，请幸上苑，有所谋也，许之。寻疑有异图，乃遣使宣诏云云。于是，凌晨名花布苑。群臣咸服其异。后托术以移唐祚。”意思是说，所谓的花神催开百花，是武则天出于政治宣传的需要，实际上预先就有所安排，有所布置罢了。

武则天在位期间，轻门第，重才学，大开科举，唯才用人；实行励农利农政策，发展经济；知人善任，广开言路，容人纳谏。这与她的人生经历是分不开的。她掌理朝政半个世纪以来，社会稳定，经济发展。但是，武则天性情狠毒，为迫害王皇后、萧淑妃，不惜杀害亲子，既破格用人，又大封武氏诸王，重用酷吏，严刑峻法，冤狱丛生。她因此也受到了历史的鞭挞。

武氏玩弄政治手腕颇具诗情画意，撇开政治则更是才气袭人。诗仙李白将之列为唐朝“七圣”之一。《全唐诗》等就录有她的诗作 58 首，虽多为庙堂祭奠之作，却也不乏记游抒情诗篇。这位女中须眉，人中铁腕，诗行偶尔也会溢出情意缠绵，柔情若水的佳句。“看朱成碧思纷纷，憔悴支离为忆君。不信比来常下泪，开箱验取石榴裙。”《如意娘》一诗，字字哀婉，句句传情，字里行间，情真意切，武氏横溢的才气和心中温柔的部分由此诗即可略窥一斑。

王昭君：那朵千年桃花

如飘落的桃花瓣，或淡红或云白或棕紫……无头无尾，身体透明，四瓣一簇，柔软如绸，缓缓地一张一缩，悠悠然上下飘浮。与夹岸绽放的桃花浑然一体，与水底色泽斑斓的鹅卵石相映成趣，它俗称桃花鱼。一直以来，在人们的感觉世界中，它是“以桃花为生死”的，桃花尽则尽。因为这个原因，桃花鱼罩上了浓重的情感色彩。

清雍正三年（1725）《古今图书集成》记载，“桃花鱼形小，味美、备五色，三月浅水可得”。《湖北通志》（1921）记载，桃花鱼“身具五彩，鲜艳可爱”。《宜昌府志》有诗咏曰：“春来桃花水，中有桃花鱼。浅白深红画不如，花开是鱼两不知。花开正值鱼戏水，鱼戏转疑花影移……”

因有“以桃花为生死”之说在先，加上在桃花盛开时节人们才能领略桃花鱼的倩影，所以，常人都以为桃花鱼只在桃花盛开时才出现，桃花谢，桃花鱼也就“谢”了。事实上，在桃花鱼存在的水域，桃花鱼一年四季都存于水中。只因夏天阳光强烈，水温高，有洪水冲击，冬天水温低，少有浮游生物，所以它们只能在水下和石头缝里觅食。春暖花开时，才是桃花鱼浮上水面的最好时机。

桃花鱼正名为桃花水母。历史上，桃花水母广泛分布于世界各地，它随着工业文明带来的环境污染几近绝迹。时至目前，全球范围内，桃花水母仅存于秭归香溪境内。香溪溪水四季常绿，清澈见底。传说昭君在家乡有一次临溪浣洗，颈项上的珠链突然断开，一串珍珠散落溪中，从此，溪水转清，含香凝脂，香溪因此得名。

民间传说中，香溪桃花鱼是昭君涕泪所化。汉元帝时，为和番，昭君被迫远嫁匈奴。出发前，昭君一面与亲人细叙别情，一面满山遍野寻觅儿时足迹，舍不得离开这山清水秀的故乡。离别那天，乡亲们送了一程又一程，难舍难分。昭君登上江中龙舟，抱起心爱的琵琶，弹起哀婉动人的别离曲。此时，夹岸盛开的桃花听到动情处，纷纷飘落。昭君不禁潸然泪下，泪水洒落在桃花瓣上，桃花瓣随之漂入江中。这些沾满昭君泪水的桃花瓣刹那间变成了五颜六色的小鱼，追随龙舟游动。当哀怨的琵琶戛然而止时，船工们也都洒下同情的泪水。有位船工随手摸起一条小鱼献给昭君，昭君深情地赐给它一个美丽的名字——桃花鱼。从此，每当桃花盛开时节，桃花鱼便游在清澈的香溪水中，似欲同故乡亲人一起呼唤远去他乡的昭君。

就这样，一朵朵千年桃花，一群群千年桃花鱼，千百年来，在清澈的香溪水中，身穿五色粉衣，飘飘遥遥，述说着一个美艳哀婉的人间传奇。

据说，时至今日，在香溪，桃花盛开时节，明月当空之时，常能听到古代妇女衣服上金玉饰物的撞击声。人们的感觉世界里，那是思念故乡的昭君踏月寻亲来了。也许，在昭君故里，杜甫写出“环佩空归月夜魂”的诗句就是缘于此吧。和番而去的昭君，在历史册页间，在时空隧道中，在四季轮回里，不正是那朵涕泪为鱼的千年桃花么？

房玄龄：惧内的宰相

惧内，怕老婆也，自古至今大有人在。怕，缘于爱，爱得越深，怕得越多。唐朝宰相房玄龄就是一例，他曾经发出感叹："治天下易，撼老婆难啊！"房玄龄是个公认的聪明人，无论是军国大计还是日常政务，他无不神机妙算智谋百出。可就是这样一位诸葛亮再世的绝顶聪明之人，竟拿自家的老婆束手无策畏之如虎，这在贞观年间成了趣事一桩。

有一天，上罢早朝，众臣子都散去了，可房玄龄却站在原位不动。唐太宗很奇怪，说："老房，你这是怎么了？"房玄龄终于忍不住了，扑通一下跪在地上："陛下，您要为老臣做主啊！老臣被老婆打了，还不让我回家。陛下求您发道圣旨，让老婆准许我回家吧，不然老臣没法活了，老臣这就死在您面前。"唐太宗李世民颇为震撼，这个文弱书生，看来在家里一定遭受极大的欺辱和蹂躏了。唐太宗龙案一拍："太不像话了，太不像话了，你可是堂堂的贞观宰相啊！放心，朕一定为你做主，要不朕的面子还往哪搁？"于是，唐太宗下了一道圣旨，派人将房爱卿给送回家，然后，唐太宗开始琢磨如何阴老房家那个河东狮了。

怎么弄才好呢？唐太宗想了半天，终于琢磨出一个阴招：在宫中找两个漂亮宫女，下旨赐给房玄龄做老婆。这下可把房玄龄给吓坏了，刚在老婆大人那跪了半天，然后又跑到李世民这扑通跪下："皇上，您收回成命吧，老婆大人说老臣要敢纳妾，就要剥了老臣的皮啊，皇上您饶了老臣吧。"李世民一听，气极："老房啊老房，真看不出来你这么没骨气，好赖你是个开国大臣啊！放心吧，这事由我做主，你纳妾是纳定了！"

为了顾全房玄龄的面子，李世民决定对房家河东狮先礼后兵。于是，派长孙皇后去房玄龄家劝说房夫人准予房玄龄纳妾。不想这个房家河东狮还真是不识抬举，长孙皇后碰了一鼻子灰，劝说无效灰溜溜回来了。李世民龙颜大怒，为房家河东狮准备了毒酒一杯，放下话来："要么，你让老房纳妾；要么，你把毒酒喝了。"其实也不是什么毒酒，只不过是一杯醋，吓吓那个悍妇罢了。没想到，强悍的房家河东狮还真把毒酒接过来，哧溜一口给喝了个干净。这一来李世民再也不敢管房玄龄的闲事了，没事的时候拍着房玄龄的肩膀安慰说："兄弟，忍忍吧，人生在世，就是来受苦的……"

房家河东狮的彪悍是有缘由和资本的。早年房玄龄还是个落魄书生的时候，有一次病得很厉害，以为自己快不行了，于是就对她说："老婆，你可不要守寡啊。你还年轻，路还很长，幸福还很多，重新嫁人吧，不要因为我这一棵老树放弃一片森林呀……”房太太听了，极为伤心：“死鬼啊，难道你还不明白我对你的爱吗？山无棱，天地合，乃敢与君绝。”于是，拿个锥子将自己的一只眼睛给刺瞎了，以此表明自己对房玄龄忠贞不贰的心迹。

赵师秀：闲敲棋子落灯花

郊外，夜半，茅舍之中。赵师秀伴一豆孤灯，对一局残棋，手捏一颗白色棋子，听着断断续续的雨声和忽远忽近的蛙鸣，心中充满了期待。

今晚有约，他等待的那个人，是传说中的大侠——令金人闻风丧胆的彭御风。一丝睡意袭来，蛙声远了，雨点疏了，灯光暗了。桃木椅内，赵师秀捏着那颗白色棋子，忽悠悠沉入了梦境。

风闻“四灵”之名，朝廷为伐金之事遣员募士，点名要见他。前些天听县令王大人说起这些，他那颗古井般的心居然忽悠悠动了一下。于是为那一点功名尘务，抛却了多年来适意山水的涵养，连日里在家中闲等枯坐。

枯坐的日子从指间滑落，残局依旧。一阵清风掠过，他感到空气是如此滞涩沉闷，便立身离座，挪动有些麻木的双腿，推开了窗扇。窗外的雨声绵绵密密惹人厌烦，零落的村庄蒙着雾气，缥缥缈缈，如梦似幻。赵师秀抹了一把脸，瞥见自家门前的几株牡丹，不由得想起了旧识老李。老李在京城杨大人家当总管，面子比他这个县衙小吏大得多。昨天他来过一次，说杨大人看重“四灵”才气，让他劝服另三人号召文士们安心在家著述，不徒送性命予金虏，旬日四人将各有升迁，且定可派他们去富庶的地方当清闲官。但赵师秀一心装着朝廷遣员募士之事，毕竟，洗雪靖康之耻，成就盖世功名，是他少年时就有过的梦想。然而他已枯等多日，募士之人怎么就不来呢？

此起彼伏的蛙鸣让他心烦意乱。他甩了甩衣袖，不料一纸信笺自袖间悠然飘落。他想起来了，那是辛弃疾的一封亲笔信。辛弃疾三十年来执文坛牛耳，赵师秀佩服他的学问才干以及他写词的豪迈与大气，但赵师秀并不认可辛弃疾着意用典的词风。赵师秀还是躬身捡起了信笺。信写得言辞恳切且动人心魄，为国家兴复之事，辛弃疾给足了赵师秀面子，信中提到辛弃疾的故交——大侠彭御风将代他来访，好做详谈。彭御风一向令赵师秀心驰神往，很快他就照信中之法给彭御风送了暗信，相约今晚见面。

“嘭、嘭、嘭……”一阵急促的敲门声将他从梦中惊醒，赵师秀手推桌案，蓦然站起，棋盘一震，棋局便散乱不堪了。他拉开屋门，冲到细雨里，来人不是彭御风，是县衙的周师爷。周师爷一边擦脸一边急急地说：“出大案子了，那个为了让朝廷出兵北伐，劫过孝宗皇帝圣驾、伤过史老相国，名震江湖的大侠彭御风，今夜的行动被禁军察觉，他同宫里十大护卫，一千精锐禁军在城外血战了一个时辰，挟重伤而逃，怕活不过一年之期了。”“什么？”赵师秀大吃一惊，脸上血色尽退，半天才醒过神来，低声道：“啊，三更已过了？”

周师爷替赵师秀掩上木门退身而去的时候，赵师秀仍一动不动坐在椅中。良久，他呼出一口重气，那颗带有他体温的白棋子依然捏在他手上，他不知身在何处，如梦似幻地用棋子漫叩着桌沿，合目轻吟：“黄梅时节家家雨，青草池塘处处蛙。约客不至夜过半，闲敲棋子……”“噼啪”，灯火里溢出一颗硕大的灯花，梦一般从他的视野里跌落，刹那，两行清泪流过了赵师秀的双颊。

爱因斯坦：相对论大师的小提琴

许多人都知道爱因斯坦是相对论的创始人，却不知道他还是一位出色的小提琴家。

比利时王后伊丽莎白，生活朴素，思想开通，不摆架子，平易近人，钟爱小提琴，极爱邀约好友爱因斯坦一同演奏。爱因斯坦呢，只要出行比利时，都要抽空去拜访她。

有一次，比利时皇家汽车司机奉王后之命去火车站迎接爱因斯坦教授。司机在头等车厢门口等爱因斯坦下车，可所有的旅客走光了也没有见到爱因斯坦的影子。司机只好空车回宫，向王后报告说教授并没有来。然而，半个小时后，爱因斯坦手拎心爱的小提琴，来到了王宫。原来爱因斯坦坐的不是一等车，而是三等车。他深知，这样可以混在三等车的乘客中，避免被人认出来造成麻烦。从三等车厢下车之后，他一路询问，到了王宫大厅。大厅里，有三个人正在焦急地等待着作为第一小提琴手的他。他一到，王宫大厅立刻响起了小提琴四重奏优美的旋律。

爱因斯坦经常受邀至荷兰莱顿大学参加物理学研讨，这样的时候，爱因斯坦总爱住在他的朋友——大物理学家埃伦菲斯特家里。

科学家与科学家相聚，少不了激烈的争论。埃伦菲斯特有着敏捷的思维，爱因斯坦话语中哪怕有一点点漏洞，也会一下子被他抓住。正因为如此，他们总会因唇枪舌剑而争得面红耳赤。这样的时候，音乐成了缓和气氛的最好方式——埃伦菲斯特的十指触动着钢琴琴键，爱因斯坦则拉起了小提琴。

科学灵感再次袭来的时候，爱因斯坦的琴声会戛然而止。他用琴弓有力地打击着琴弦，让埃伦菲斯特停止钢琴伴奏。爱因斯坦又开始了他条分缕析的科学独白。埃伦菲斯特则细心地听着他的独白，如森林中的猎人，以冷峻的猎枪等待着爱因斯坦的漏洞。在思想遇到障碍时，爱因斯坦会着急地也走到钢琴前，用几个手指反复弹奏一个坚定有力的和弦“镗！镗！镗！”仿佛在敲“上帝”的大门，又好像在向大自然发问:“怎——么——办？！”弹着弹着，“上帝”的大门被他们撞开了，两个朋友走出了论战的硝烟，露出愉快而心息相通的一笑。

爱因斯坦做过许多次关于相对论的讲演。他滔滔不绝的演讲虽然没有几个人能听懂，但每位受听者都认为，同爱因斯坦教授在一起的时刻，是人生经历中永远难以忘怀的时刻。每次演讲结束，这位相对论大师都要为大家来一段小提琴演奏，让受听者获得别有风味的艺术享受。

1933 年，希特勒把整个德国投入了灾难之中，德国难民特别是德国的犹太人四处逃亡。作为犹太人的爱因斯坦，一生倡导和平、民主、进步。他知道，希特勒不会因为他是一位伟大的科学家而对他另眼相看，便携夫人毅然登上了一艘开往比利时的轮船。凭栏远望，他的心潮犹如大西洋上的汹涌波涛。他取出小提琴，决定在这艘巨轮上开一个小提琴独奏会，为受迫害的犹太人募捐。他熟练地挥动着琴弓，手指在小提琴指板上灵活跳动：一会儿是激烈的跳弓，一会儿是深沉的和弦，一会儿是娇媚的揉弦，一会儿是铿锵的斯特卡特。他优美激越的小提琴声，在大西洋波涛上执着地飘荡。然而，此时此刻，又有谁知道，在他们面前演奏的小提琴家，竟是举世闻名的相对论大师。

创立相对论，让爱因斯坦拥有了一把开启世界奥秘的金钥匙；演奏小提琴，让爱因斯坦的生命充满着永不止歇的快乐、美丽、和谐。

罗素：难了的中国情结

西方哲学家中，罗素的坦率真诚是有名的，他研究中国文化，欣赏中国文化，在他的眼里，中国和中国人具象清晰，特征鲜明，呼之欲出。作为和平的卫护者，时至今日，罗素对中国和中国人的探究依然值得我们用心去咀嚼。

他的眼里，中国有时也打仗，但中国人不好战，不看重军事和商业上的成就。中国人的心肠是柔软的，始终保有温和、礼貌、爱好和平等传统美德。中国人权力欲不强，爱好消闲，爱好娱乐，看重情调。

中国人崇尚“人之初，性本善”，认为面子是最有价值的东西，相对于西方人更愿意把不同的意见拿出来讨论，因而中国的政治生活和社会生活更富有人情味。中国抄袭外族邪恶纯粹出于维护主权、抵御侵略，并非是人类的一种进步。假如全世界的人都像中国人，大家都会感到幸福。

中国人爱说笑，而且从来不放弃说笑的机会，从高官到平民无不如此。中国人是含蓄的，受过教育的中国人的幽默是狡猾而细致的。中国人认为一个聪明人应该永远镇静，就像古乐所具有的优美感觉一样，宁静得几乎只隐约可闻。

在艺术上，中国人讲求美妙；在生活上，中国人讲求合理。中国人不喜欢残酷的强有力的人，也不喜欢不婉约的热情。在中国住得最久的外国人是最爱中国人的，中国人美丽而尊严的生活方式时时刻刻打动着他们。中国人的礼貌不仅是习俗上的，也不仅限于某一阶层，中国人习惯于以静默应对粗暴，不愿意用以牙还牙的方式贬低自己的身份，这不是中国人的懦弱，而是中国人的力量，中国人曾经用这种力量征服所有的征服者。

大多数中国人重视学问，因此科学知识的传播在中国不曾受到阻碍。曾经，中国人最显著的长处是对人生目标的寻求；而今，中国人已养成寻求智慧和科学方法的习惯。假如中国人愿意，他们可以成为世界上最强大的民族。

中国人的和平主义植根于他们沉思的态度，一如中国画所表示的。中国人乐于观察万物所做的有特性的表现，而不愿意把一切都沦为一个定型的模子。

坦率的罗素断言，忙乱与好战不仅产生显然的邪恶，而且使生活充满着不愉快，使人生不能享受美丽，使人类失去了沉思。中国人的美丽是一种娴静的美丽，中国人的智慧是一种沉思的智慧，所有重视智慧和美丽并期望找到人生情趣的人，当然愿意有一份中国特色的恬静心境。

拿破仑：屁股上的成败

关于拿破仑，黑格尔说：拿破仑是马背上的世界灵魂。叔本华评价：他是人类意志最美的表征。雨果在他的著作《悲惨世界》中对拿破仑做过这样的描述：他的脑子里包含着人类种种才智，他像斯蒂尼安那样制定法典，像恺撒那样日理万机。他的谈吐兼有巴斯加尔的闪电和达西特的雷霆，他创造历史，也写历史。他的战报是诗篇，他把牛顿的数学和穆罕默德的妙喻糅合在一起，他在东方留下了像金字塔那样高大的训谕，他在提尔西特把朝仪教给各国帝王，他在科学院和拉伯拉斯争鸣，他在国务会议上和梅尔兰辩论，他精心整饬纪律，悉力排难解纷，他像检察官一样了解法律，像天文学家一样了解天文……18 世纪，矮小的拿破仑以他非凡的一生体现出了人类智能的超越性。曾几何时，人们看见的，不是他最终的失败，而是他的不朽。

事实上，拿破仑有着鲜为人知的自然缺损和人格缺陷，在他运筹帷幄决胜千里之外的表象背后，有着经常性的失误，他永无止歇的征战造成了自身毁灭性的悲剧。

艾伦·肖姆在《拿破仑大传》一书中，以一个脱离了利害因果影响的后世人的眼光，给人们展现了一个与既定印象中不太一样的拿破仑：他睿智好学，却也一意孤行；他慧眼独具，却也好高骛远；他宽宏大量，却也刚愎自用；他任人唯亲，却招致众叛亲离……他伟大，万众瞩目；他孤独，茕茕孑立。

理查德·扎克斯则在《西方文明的另类历史》一书中，戏说了拿破仑在滑铁卢失败的原因：在拿破仑极其焦虑的常见姿势中，他经常搔自己的身体，经常搔得皮肤出血为止。他经常说："我只在搔皮肤时才感觉到自己活着。"可是，经常困扰他的，并不仅仅是他身上的皮肤。滑铁卢战争期间，他的痔疮经常恶性发作，这使拿破仑这位极聪明的进攻型战略家，无法骑马外出视察军队，也无法与战地军官们商讨战争局势，特别是在最后两天，当时，那场战争仍然是有希望打赢的。但由于痔疮带来的痛苦，他只能在帐篷里飘飘然地抽着止痛的鸦片。

拿破仑在一个不恰当的场合和不恰当的时间得了痔疮，并不合时宜地反复恶性发作，使得他在滑铁卢一战中饱受煎熬，以至于影响到了指挥决策水平的发挥，于是一败涂地，一个帝国从此衰败，新的历史从此展开。可以这样说，是拿破仑旺盛的征服欲和长期置身于马背上的屁股，给他自己带来了灾难；是拿破仑屁股上的痔疮，改变了世界历史，这一点，类似于那个很著名的效应——蝴蝶效应。

由此看来，再杰出再优秀的人物，都有自身的弱点，哪怕只有那么一点点。某些时候，这些弱点的扰动，会在特定的条件下被无限地放大，最终造成宏观世界的巨大震动。

第五辑

让生命之花绚烂在寂寞、缺憾的夜

在芸芸众生的人海里，你敢否与世隔绝，独善其身？

任周围的人们闹腾，你却漠不关心；

冷漠，孤寂，像一朵花在荒凉的沙漠里，不愿向着微风吐馨。

——雪莱

饮酒之境界：杯酒之宜

林语堂有妙论云：梅边之石宜古，松下之石宜拙，竹旁之石宜瘦，盆内之石宜巧。执花可以邀蝶，垒石可以邀云，栽松可以邀风，贮水可以邀萍，筑台可以邀月，种蕉可以邀雨，植柳可以邀蝉。赏花宜对佳人，醉月宜对韵人，映雪宜对高人。有青山方有绿水，水惟借色于山；有美酒便有佳诗，诗亦乞灵于酒。这些相宜的事或物的对接，多从实处着眼。惟诗之于酒，一虚一幻，一缥一缈，动荡由人，变数无穷。

欧阳修在《醉翁亭记》中写过“山水之乐，得之心而寓之酒也”之句。在古代，饮酒而得之于心者，是诗。诗为表象，实则“在乎山水之间也”。这正是中国酒文化的魂灵所系，精髓所在。酒有阴阳文武之用，助诗兴，酝酿无数杰出诗人，壮胆略，造就许多盖世英雄。诗酒为伴，带来心灵的快慰，才会“把酒临风，其喜洋洋者矣”。与酒为谋，陡增一腔豪气，才会有“曹操煮酒”，论说天下英雄。应该说，“诗人与酒”的幽雅情怀，“英雄与酒”的壮烈气概，皆有杯酒相宜的精妙之处。

酒能宜人，亦能溺人。过多过滥，便能削弱人的心智体力，迷醉人的神经，它可以让平素拘谨刻板的人，绽出笑脸；一向沉默寡言的人，议论风生。若得杯盏频满，开怀畅饮，直至耳热脸红，便会将所有的忧愁烦恼置之脑后。然修为不深者，或是狂笑，或是号啕，或是意气飞扬，或是不可一世，或是将蓄积于胸的秘密一吐为快，或是当众把他人的隐私悉数抖搂出来。以故，在酒桌上，只有善治酒者，才会用酒而不为酒所用。

酒为五谷所酿，适量则强身健体，沉湎则招灾惹难。莎士比亚在《暴风雨》中塑造过一个象征原始愚昧，唤作卡力斑的怪物，他初尝酒味，觉得妙不可言，以为把酒给他喝的那个人，是自天而降的神，还以为酒是甘露琼浆，是不为人间所有的，他能喝倒是他的造化和福分，因此守着饮之不竭的酒窖，一喝再喝，不能自禁，直至噩噩而终。据史料记载，美洲印第安人初与白人接触，正是为酒所倾倒，不惜拿土地和他们交换一些酒浆。印第安人的衰灭，在相当程度上，也是由于他们对酒过于沉湎的缘故。

由此看来，杯酒之宜，宜在人为，不为天设，不为地造。酒不能解忧，醉不能消愁，只能暂时将人置于麻木无忧的状态。酒醒之后，相随而来的是“忧心如醒”，那是一份病酒的滋味。自古有“花看半开，酒饮微醺”一说，倘能如此，也就算是参悟出饮酒人生的真境界了。

忧郁之存在：造就非凡

相当一部分卓有成就的艺术家具有一种叫忧郁的气质，古今中外，具有忧郁气质的名家不胜枚举，屈原、李清照，顾城、海子，凡·高、海明威，拜伦、米开朗琪罗……作家的忧郁体现在他的文字中，演奏家的忧郁流动在他的手指缝里，雕塑家的忧郁附属在每一件完成未完成的雕塑作品上，指挥家的忧郁藏在指挥棒划出的弧线里，画家的忧郁点缀在或明或暗的色彩里、或工或写的意境中……成也忧郁，败也忧郁，有幸能常常被忧郁击中的人，即使他的生命短暂，但他无界的思维，却最能让他的人生达到某一个高度。

忧郁，是人与生俱来的内在气质，它常常会伴随人的一生。它可以成就一个人，也可以让人一辈子陷于困苦命运的桎梏之中。忧郁的人最大的特点是具有艺术感受力，它可以从看似平淡的事物看到世界的丰富性，可以从微不足道的生活细节感受到一切美丽和丑陋的存在。很多人的艺术潜能，常常是因为有一颗忧郁的心，才最大限度地展现在世人面前。

拿凡·高来说吧，他一生画过很多自画像，但每一张画像上都笼罩着一层忧郁的色彩，后来人从这些画像也可以得出“他是忧郁的”结论。虽然他的人生是忧郁的，但他画的向日葵却散发着生命的光焰，人们在那里看到的，是一个人生命激情的热烈绽放。他是一个忧郁的人，却是一个胸怀大爱，关注生命、关注人类命运的人。他画过很多“小人物生活”的作品，通过明明灭灭的色彩，通过出奇制胜的构图，展示着底层群体的悲欢离合、喜怒哀乐。他的忧郁将他的人生送到了艺术制高点。可以说，凡·高的忧郁是属于全世界和全人类的。

旅美青年钢琴家，加拿大赫尼斯钢琴比赛金奖得主邹翔，具有极高的敏锐力和想象力，他演奏的音乐充满激情和理解力，有着特殊的感染力。他曾说过这样一句话：“我的最爱是音乐家舒伯特，因为他隐约的忧郁常常击中我的内心。”有人评价说：“邹翔琴声的内在张力，凝聚在看上去非常灵巧放松的十指甚至指尖，一种怪异的不可捉摸的明与暗、刚与柔，清透与混沌，在黑白键之间翻飞击荡。他的内美，将独特的东方忧郁的韵味推到了极致。”如果没有经常的忧郁击中邹翔的内心，也许他是不会有如此瞩目的成就的。

所以，一个人如果总是不可抗拒地被忧郁击中，在笼罩着忧郁色彩的氛围中走过人生的一程又一程，完全没必要为此伤感。或许，这是上天的赐予，正是忧郁的存在，才会造就出非凡的命运、不朽的人生。

生命之升华：穿越寂寞

有道是："自古才清多寂寞，从来高处不胜寒。"艺术大师的寂寞，如冰山上闪烁的微光，美好而又清冷。

众所周知的国画大师齐白石，早年备受冷落，晚年盛誉加身，构成了他传奇的艺术人生。齐白石视绘画为"寂寞之道"，这是他一生恪守的信条和成功的秘诀。"扫除凡格总难能，十载关门始变更"讲的就是他在1920年到1929年间以超出常人的毅力，花10年时间关门谢客、潜心研究的情形。他曾说："余作画数十年，未称己意。从此决定大变，不欲人知，即饿死京华，公等勿怜，乃余或可自问快心时也。"同期，齐白石也在治印上下过死功夫，他这样写道："余学刊印，刊后复磨，磨后又刊。客室成泥，欲就干，移于东复移于西，移于八方，通室必成池底。"这些时日，他感到"一天不画心慌，五天不刻手痒"。可以说齐白石是凭借作品的海洋，穿越生命的寂寞漂进艺术天堂的。

武侠文学大师金庸，年轻时也是最能耐得住寂寞的。为了逃避无休止的应酬，他将自己关在房子里，每天坚持写三五千字，日复一日，月复一月，年复一年。就这样，他的作品一部接一部问世。

那些日子，他的思想，他的心地没有一点儿寂寞的感觉。后来，当他逐渐穿梭于一些事务性活动时，却有人说他开始耐不住寂寞了。如此堪称大师的人，因耐不住寂寞而离开文字，也是不足为奇的。

生活就是这样怪，追逐外在、寻求热闹便会归于沉寂，甘于寂寞、乐于寂寞常会烙下不朽的印记。大师们带来了热闹，他们自身所固有的是漫无边际的寂寞。当大师们不甘寂寞，而投身到一些琐琐碎碎的事务之中时，生命的孤寂也许就真的降临了。

有了内心的寂寞，才有了思想的旷远。怪不得有人说："寂寞可以造就天才。"很多寂寞一开始是无奈的，寂寞真的很难。能穿越生命的寂寞，也许正是大师所以成为大师的最充分的理由。我相信这样一句话：令人心动的艺术都源于无穷无尽的寂寞。

包容之胸怀：耐人寻味

对太阳和月亮的美丽幻觉，是特定距离的产物。把太阳拉近来，大地便会干涸，禾苗便会枯焦。把月亮拉近来，看到的是没有空气没有生命更没有神话与诗的冰冷去处。

有很多名人巨匠，若拉近来看，也有不尽如人意的斑斑驳驳，甚至存在与神圣光环不相称的阴暗侧面。举世仰慕的科学家爱因斯坦，人们通过他的私人信件，发现他是个十足霸道的大男子主义者，对妻子粗暴有加，且一直保持着对表妹的婚外恋情；在人们心中纯美圣洁的居里夫人，居然也有过世俗的婚外恋纠葛；著名慈善家、艺术事业赞助人哈默，既不懂艺术、不爱艺术，还长期陷入权力与声名的角逐；创作过《老人与海》，对生命与死亡有着深深思考的海明威，也有争强好胜、偏执狭隘、奉迎权贵的时候；曾经在《琵琶行》《长恨歌》中对女性寄予深刻理解与同情的白居易，在对待女性态度上，也有极为保守迂腐的一面。但这一切绝对改变不了他们的辉煌与崇高。

俄罗斯有位女钢琴家，9 岁时就很挑剔。有一次她远涉重洋到美国参加一次重大的钢琴赛事。比赛规格高，听众多，参赛选手也多，评委都是极有权威的大家。为了不延误比赛时间不影响评委的判分，比赛规定一律不许鼓掌。面对这样重大的比赛，9 岁的俄罗斯小姑娘一上台就觉得那个琴凳不合适，要求换一个琴凳。整个决赛场上，万名观众静悄悄地注视着那个大胆而挑剔的女孩。这时，若有一个评委对女孩延误比赛时间稍稍流露出不满，都有可能造成女孩演奏的失败。那些声名赫赫的评委们居然包容了女孩的挑剔，任其换了一个琴凳。出乎意料的是俄罗斯女孩获得了极大的成功，听众包括评委在内都忘记了赛场不许鼓掌的规定，情不自禁为女孩久久地鼓起掌来。可以说，这次比赛中评委的包容，是人类艺术史上一次耐人寻味的包容。

诺贝尔物理学奖获得者丁肇中曾说：“如果下了一场雨，有一滴是带颜色的，那么我们就要抓住这一滴不放。”这是就科学研究的特性而言。就名人巨匠而言，如果说他（她）的生命是一场可以滋润人类的透雨，在他奉献的一生中，如果有那么一些带颜色的，就大可不必抓住不放了。

个性之底色：独特创造

个性，是画家生命的底色。佛罗伦萨画家乔托性格正直，为人平和而不失幽默，他的画看起来永远美好优雅而平静，就像他的人一样。有这样一个故事：炎热夏季的一天，他正在画室尽心竭力作画，那波利国王来到了他家里。国王对乔托说："如果我是你，这样热的天，我就不工作。"乔托笑着回答国王："如果我是国王，的确不会做工作。"

既是雕刻家又是画家的米开朗琪罗，为人傲岸不屈，极具竞争意味，他的雕塑和绘画气势恢宏，有着强烈的冲击力。他年轻时的竞争对手是比他年长 23 岁的著名画家达·芬奇，面对才气逼人的竞争对手，年迈的达·芬奇自动引退，一个人孤独地到法国去了。继米开朗琪罗之后出现了天才的画家拉斐尔，拉斐尔的画无所偏倚、圆满和谐，被认为是完美无缺的，因而他非常受人尊重。面对如此强有力的竞争对手，上了年纪的米开朗琪罗毫不退缩，依然保持着傲岸的本色。有一天他迎面撞见拉斐尔，见他带着许多从者到梵蒂冈宫廷去，就嘲讽地说："怎么啦，真无聊极了，简直像被押送到牢房里去一样。"而拉斐尔也不服输，他看见米开朗琪罗孤单单一个人，就说：“嗯，简直就像个驱逐出境的人。”

威尼斯派画家丁托列托，为人生性激烈，他的画色彩丰富，变幻莫测。有一次，他的一个弟子将自己的画卖给一个商人，买主觉得要价太高想请丁托列托定个价，没想到丁托列托看了那幅画，便火冒三丈，打了弟子一耳光。商人先是大吃一惊，而后在心中窃喜，以为这样一定可以以很贱的价钱将画买到手。哪知丁托列托说：“傻瓜！你怎么傻到将如此好的画作卖得这样贱呢？！”

风景画家透纳天资聪颖，还在十四五岁时就凭绘画获取了可观的收入。在风景画的取材上他常常出人意表，叫人不可捉摸。他虽然生活优裕，却像侦探小说中的人物一样有着双重性格。他有时像个可敬的绅士住在山下幽静的邸宅里，有时却像个老船工穿着破烂不堪的衣服住在贫民窟里，一边晒太阳，一边信口开河地给贫民窟里的孩子讲乘船的冒险故事。他甚至是在贫民窟里一间简陋的屋子里离开人世的。

这些伟大的画家，做事的确令人匪夷所思，这正是因为各有各的个性。对画家来说，有独特个性才会拥有独特风格的独特创造，正因为如此，我们所处的世界才会色彩斑斓，我们的生活才显得缤纷而不单一。

偏见之桎梏：声名难留

女画家对万物的知觉细腻敏感，对色彩、构图有独到之处，其内在的生命感受持久深刻。三国时代吴王赵夫人被称为山水画的始创人，张彦远《历代名画记》卷三记载："吴王赵夫人，丞相赵达之妹。善书画，巧妙无双。"孙权曾对着赵夫人的画发出感叹："蜀魏未平，思得善画者，图山川地形。"可惜她的作品无片帛存世。南宋胡与可，琴棋书画样样皆精，相传她在某戏园子听戏，因案几上凝尘，便随心画梅数枝，题百字令于其上，清雅绝伦的画面，让园主不忍抹去，后令人将之雕刻于案几上。然而，她的梅竹小品留下来的，就那么三两幅。

中国古代女画家大都深居闺阁，私绘妙笔留传下来的十分稀少，她们常常将画好的画随手扔掉，有名有姓可考题跋的更是少见。原因很简单，以画赋闲的多是大家闺秀，她们受儒家思想影响，非常注重身份名节，生怕私绘画流传到闺阁外，被人误认是风尘女子所作。她们宁可毁掉自己的画，也不肯以画示人，有名有姓有题跋的画更是烧毁在闺阁之中。就算能够流传于世，也归属到父亲或其他亲属名下了。封建社会，女性连姓名权也被削弱，出嫁后，总冠之以某某氏，女画家自然也步入“人贱画微”的境地。事实上，古代女画家的作品能流传下来，多依托于身后强有力的男性，如元代管道昇的背后有画艺精湛的丈夫赵孟頫，明代仇珠的背后有以画闻名遐迩的其父仇英，清代陈书的背后有身居刑部侍郎要职的其子钱陈群。

足不出户、生活圈子狭窄的闺阁女性，艺术视野封闭、创作灵感窒息，选择和追寻的往往是男性画家创作的痕迹。明姜绍书《无声诗史》对仇珠创作这样描述：“画人物、山水，绰有父风。”任伯年之女任霞，画风亦是直追其父。清张鸣珂《寒松阁谈艺琐录》记：“伯年之女，伯年画名满海内，女史耳濡目染，亦工山水。人有以伯年遗稿索临者，寻其脉络，矩步规行，一种苍秀隽逸之趣，与原本吻合，可谓极丹青之能事矣。”陈书入画，从男性画家作品中汲取营养，作品有明显的男性画家的创作程式，无论是设色画还是水墨画，始终有男性画家笔墨特质。清秦祖永《桐阴论画》提及她时说：“用笔用墨深得古人三昧，颇无脂粉之习。”因为个性缺失，上述女画家都是成功的临摹家，却是失败的创作者，旁人的评点，大多是在肯定中否定。女画家按照男性的绘画模式、审美意趣、思维方式创作的作品，被个性化的艺术法则冷落，也就在情理之中了。

就算声名响亮，创作有《明妃出塞图》的南宋女画家宫素然，也不能例外地被人诋毁过。《明妃出塞图》描绘了昭君远嫁匈奴，与随从出塞的情形。画面背景荒凉，没有树木山川，主要通过人物情态和风沙来表现出塞景象。寒风迎面，景色荒凉，人物形象刻画极为真实生动，笔墨技巧纯熟，线条勾画细致流畅，以淡墨稍染衣褶、马体，粗笔淡墨，几笔便写出塞外苍茫萧瑟的环境特点。人、犬、马的动作体现出风之肆虐呼啸，也反衬出王昭君镇静、从容的精神风貌，是一件难得的传世佳作。此画构图与人物造型与张瑀的《文姬归汉图》极为相似，因为这个原因，一时引来诸多争议，说宫素然算不上一个真正意义上的画家，充其量只是一个临摹家，这是古代女画家被局限的显著例证。

随着商品经济的萌生，私绘画开始成为商品，赋闲在家的闺阁女子常常成为有大师之誉的父兄的左膀右臂，她们常常帮父兄完成画作的一部分或大部分。女性特有的细心和观察力，让她们具备了超常的临摹力，加上她们从小就感受其父兄的指点和笔墨熏陶，她们的添香妙笔往往能达到以假乱真的地步，虽然最后落款还是父兄的名号，但她们还是有了绘画的积极性。更为重要的一点是，文人雅士择妻或与异性交往，衡量标准往往是琴棋书画，而非诗词文章，如此一来，贯通笔墨技法的女子也就不在少数了。

明末清初，女性绘画空前发展，这一时期，女性绘画在山水、花鸟、人物等方面均有所表现；艺术手法上，既有工笔，又有写意，既有重彩，又有水墨，册页、卷轴、扇面一应俱全。女性特有的细腻情愫在绘画作品中表露无遗。然而，古代女画家始终陷于尴尬境地，社会偏见和性别歧视，让她们画名难留。

情爱之佳境：一生追求

古今中外的名女人，她们的爱情生活五彩纷纭，其中不乏牵人心动的。但可圈可点，令人向往的为数不多。在我的心目中，一直以为李清照和赵明诚、新凤霞和吴祖光之间的爱情，是令人景仰、堪称范例的爱情。

李清照、赵明诚均出自书香门第，虽然，媒妁之言让他们走到一起，但他们志趣相投，才情相得，淡泊利禄，醉心事业。李清照精通诗书，博闻强记，能够面对千万卷图书，准确回答出某人某事在某书、某卷甚至某页面上。她在诗词方面造诣很深，词风婉约清新。赵明诚是有名的金石学家，除了致力于古文碑帖的研究，也是个极有生活情趣的人。他常常故意和李清照以茶为赌，最后“输”下阵来的当然也是他。相传有一次他真正输得心服口服。李清照为他写了一首词《醉花阴》，下半阕是：“东篱把酒黄昏后，有暗香盈袖。莫道不消魂，帘卷西风，人比黄花瘦。”他十分赞赏，却又想和妻子赌个高下，便埋头三天写出五十首《醉花阴》，又将妻子那首混迹其中，让一位对诗词颇有研究的好友品评。结果好友把目光落在妻子写的那首词上，连声赞叹：“神来之笔！神来之笔！”自此以后，赵明诚益发敬重妻子。

如果说李清照、赵明诚是封建制度束缚下万里挑一的幸运伴侣。那么名演员新凤霞和名编剧吴祖光则是新中国诞生后一对珠联璧合的知心爱人。有一次，一位记者采访新凤霞时，问她的择偶条件是什么，她回答说：“他要能写、能编，既为我的丈夫，又为我的师长，特别是年龄必须是三十四岁。”最后一个条件她是专指的，那时她的心中已经有了吴祖光，可一直没有办法表露自己的情思。缘分总是有定数的，可关键时候还需要大胆追求。新凤霞做到了。因写发言稿的事，新凤霞想起了吴祖光，吴祖光为她写好发言稿并教她背下来之后，拔腿要走。新凤霞有意留住吴祖光，便和他说起了《刘巧儿》这出戏，并借戏中的唱词“我偷偷地就爱上了他……我可要自己找婆家……”表露了自己的心意。可书生气十足的他回答得驴唇不对马嘴。新凤霞一急，大着胆子说：“如果我嫁给你，你愿意不？”吴祖光一时转不过弯来，怔了半晌，才说：“我要考虑考虑。”新凤霞觉得一盆凉水淋下来，自言自语说了声：“真没想到。”吴祖光这才醒过神来，说：“我得为你一生负责。”就这样，他们幸福地走到了一起。

这两对相知相爱的知心伴侣，在畅饮生活的琼浆玉液的同时，也经历了生离死别的苦难。前者因在战乱中辗转而永诀；后者因历史的错位被长期迫害。但他们从来没有间断追求崇高的精神生活，他们一生互相鼓励，互相体贴，真挚相爱，在崇高的爱的意境里走完了短暂却绚丽的一生。

无缘之花瓣：别样妖娆

爱情总是妙不可言的，妙不可言的爱情常常如春天的花朵、夏夜的明月；爱情也是不可捉摸的，不可捉摸的爱情却像秋天的泥泞、冬天的冰雪。

罗曼·罗兰的失恋跟常人的失恋没有什么两样，有一天，他和秀外慧中的意大利姑娘索菲亚并肩漫步在林荫道上。罗曼·罗兰控制不住感情的闸门，一下子握住索菲亚的纤纤小手，吐露了心中蓄积已久的爱恋之情。出人意料的是，索菲亚婉言回绝了他。极度痛苦之中，罗曼·罗兰没有沉沦，在俄国大文豪列夫·托尔斯泰的指导下，走上了文学创作这条道路。经过十年呕心沥血的构思，十年呕心沥血的写作，完成了传世之作《约翰·克利斯朵夫》。

如果说罗曼·罗兰的失恋是一厢情愿的必然结局，那么丹麦童话家安徒生的失恋则是两情相悦却有缘无分的一支哀歌。1845 年圣诞之夜，瑞典女歌星林德在安徒生寂寞难耐之时，悄然来到了他的身边，陪他度过了一生中最愉快、最幸福的一夜。以后的日子，林德只要有机会和安徒生在一起，其他的一切就会从她的眼前消失，她的眼睛里只有心爱的安徒生。然而，由于林德、安徒生都过着旅行式的生活，东奔西走，没有固定的地址，也无法取得通信联系，很长时间，在彼此的世界里，他们好像蒸发了一样，没有一点儿音讯。多年后，他们再一次在维也纳相遇，林德已有了丈夫和孩子，孑然一身的安徒生尽管内心装满了哀愁，还是不动声色地离开了林德。安徒生的一生，遭遇过多次爱情，每一次都以不幸的结局告终，可以说生活对他是冷酷的。但他自始至终没有被这些不幸击倒，他用一支勤奋的笔，写出了 160 多篇深受世界各国人民喜爱的美妙动人的童话。给他熟悉的和不熟悉的人们带来了无穷无尽的快乐。

成功之花，往往开放在情感受挫之后。罗曼·罗兰、安徒生在情感生活上都是不幸的，正是因为经历了失恋的创痛和人生的不幸，他们才有了不幸中的万幸。那就是用坚定和理智驱逐烦恼，用思考和创造穿越苦难，最后获取事业上的成功。

人生之缺憾：生命出口

维纳斯雕像失去的双臂，给人们留下了充分想象的空间，散发出一种缺憾之美，这是缺憾胜于完美的最好例证。美国作家谢尔写过这样的寓言：一只圆，因缺了一角而不快乐，便出发去寻找那失落的一角。寻找过程中，它一路唱着歌，一会儿和虫儿说说话，一会儿闻闻花香，途中虽然遭遇了很多艰难险阻，虽然因为缺少一角而滚得不快，但它很快乐。找回失落的那一角之后，却失去了途中有过的快乐。于是，它决定放弃找回的那一角。

就人而言，当缺憾不可避免地出现时，最需要的就是保持积极乐观的态度。缺憾是生命的本质，认识了这一点，缺憾就会成为人生奋起的动力。其实，当一个人弥补了心中的某个缺憾，不可避免地还会有新的缺憾产生。换一个角度看缺憾，它既是挑战，又是机遇；而感受中的完美，反过来可能成为可怕的缺憾。

中国历史上的文化名人在官场上多是遭贬对象，李白、司马迁、王安石、范仲淹……都在官场上摸爬滚打过。那时，若得不到官方的承认，就很难在当时的社会舞台上占一席之地。为了官位，许多人放弃了个性、信仰甚至尊严，可是官场并没能让他们如愿。

无疑，官场受挫，对他们来说是极大的人生缺憾。正是仕途失意的缺憾，他们的文学造诣才会不朽，他们的人生才会到达至美的境界。

再圆满的人生都有缺憾。《浮士德》的作者歌德，一生中创作了大量的诗歌、小说、诗剧，在自然科学方面卓有贡献，一生称得上很完美。然而，他却在《浮士德》这部名著中，对19世纪数学史上，居开创地位的伟大发现非欧几何，给予了极大的嘲讽。这不能不说是歌德一生中的一个缺憾。我国北宋名人沈括，在中国古代科学技术史上功不可没。他的《梦溪笔谈》被英国著名科学史家李约瑟誉为“中国科学史上的坐标”。作为苏东坡的好友，他在苏东坡陷入“乌台诗案”时，却参与了揭发苏东坡的所谓反诗的活动，留下了一生无法抹却的污点。

有这样四句话：贫不足羞，憾在贫而无志；贱不足恶，憾在贱而无能；老不可叹，憾在老而无成；死不足悲，憾在死而无功。有缺憾并不可怕，怕的是一味纵容，一味听之任之，以致产生不可收拾的后果。正确认识缺憾，方能扬长避短，方能在缺憾的废墟上根植全新的生活。

灵魂之相遇：诗意燃烧

尘世之间，爱是最美的，也是最痛的。爱的最痛，不是那个人不爱你，而是那个人在遇见你时，头都来不及回一下，就在你眼前永远地消失，给你的心空烙下苍茫的印痕。爱的怅惘常常是：五百年前的一千次祈祷，换来的仅是今生的一次回眸。

正因为这样，所有发自内心的爱，都那么光彩夺目，动人心弦。有一首诗这样写道："记忆在麦田里飘摇，思念在白雪中燃烧。每个不见你的清晨，总叹息梦醒得太早；每个没有你的黄昏，泪眼中晚霞也不妖娆；问皎洁的明月，你在他乡可否安好？寄过往的清风，我诚挚的祝福你可知道？……爱在月光中绽放，那是我诗意的燃烧。"这是平常人的爱，却有着多么美妙的意境啊！就像《凤凰涅槃》中"我就是火，火就是我"的咏叹。当爱在诗意中燃烧时，飘起的不是世俗的烟尘，而是沁人心脾的缕缕余香。

古今中外，真挚的爱总是充满诗意，总是如火如荼地燃烧着的。苏联女诗人茨塔耶娃在《致一百年以后的你》中含泪写道："经历了整整的一百年啊，我才终于迎来了你！"她想象着在百年之后，有一个手持玫瑰的男子来到她的墓前，回首前尘往事，重新记起她的爱情。台湾女诗人席慕蓉的《一棵开花的树》更是缠绵悱恻:“如何让你遇见我，在我最美丽的时刻，为这我已在佛前，求了五百年，求他让我们结一段尘缘。佛于是把我化作一棵树，长在你必经的路旁。在阳光下慎重地开满了花，朵朵都是我前世的盼望……”这些热切的爱情，谁能说不是爱意燃烧的经典?

当灵魂与灵魂相遇在嘴唇上时，爱，在两个人的身体内，一定会激发出电闪雷鸣，痛苦的美丽和美丽的痛苦，闪烁在情爱的时空。这样的时刻，莎士比亚快意地说:“时光和外貌要使爱凋零，但真正的爱永远有初恋的热情。”托尔斯泰摸了摸胸口，庄重地说:“爱情不是一种尘世的感情，乃是一种天上的感情。”恩格斯沉思了一下，肯定地说:“痛苦中最高尚、最强烈和最个人的痛苦——乃是爱情。”

是啊，当爱燃烧的时候，是诗意的，是美丽而痛苦的。在人生长河中，燃烧的爱，或者是悬崖边缘的花朵，或者是亮丽夺目、一闪即逝的流星。

送别之感伤：美丽曼妙

常在现代电视剧中，看到情侣作别时的场景：脉脉含情地，你看着我，我望着你。然后是深情的拥抱，然后是三步一回头的姿态，那份醉人的美丽，足以让人铭记终生。

古辞令中，送别的愁绪随处可拾。“剪不断，理还乱，是离愁。别是一般滋味在心头。”是李煜送别有过的心态；“夕阳西下，断肠人在天涯。”是马致远送别时的感悟；“多情自古伤离别，更那堪冷落清秋节。”是多情才子柳永送别所得。今朝离别，不知何日才能相见，这样的离别大多是感伤的。就是现代诗人席慕蓉写送别诗，也逃不脱离别的怅惘和忧愁：“不是所有的梦都来得及实现，不是所有的话都来得及告诉，内疚和悔恨，总要深深地种植在离别后的心中。”席慕蓉不是不明白：世间种种，最后必成空。但每每面对一去千里的别离，便无法不滋生流水落花春去也的感伤情怀。

曹禺的送别诗则饱含着美丽的忧伤和忧伤着的美丽。他在《四月梢，我送别一个美丽的行人》中这样写道：“四月梢，我送别一个美丽的行人，古城啊，古城，这般蕴藏着怅惘，这般郁结着伤心。今夜凄淋的雨打着摇曳的灯。水泻的泥路上行着一个落寞的行人。

我仍冒着冷雨送你归去，你明晨便将无踪无影……”

李白有《送孟浩然之广陵》一诗：“故人西辞黄鹤楼，烟花三月下扬州。孤帆远影碧空尽，惟见长江天际流。”可以说，这首诗在古今送别诗中是最为别开生面的。以李白的旷世才情，绝不至于对离别无感于心。相反，李白一生漂泊，有太多的聚散体验，在离愁上花费过太多的笔墨，能够在诗中表现出欢送情绪，说明扬州在他心目中是曼妙美好的。正因为如此，欢送快意才取代了别恨离愁。

送别，难说不是永诀。愁情满怀，是一份美丽的忧愁；而能够化忧愁为欢歌，则是美丽的极致，当称人生的化境了。

认知之捷径：巨人肩膀

人类生活中，不乏大智大慧者，但要在有限的生命中，穷尽宇宙人生的奥妙，是谁也做不到的。任你有多么天才，所知所获也不过是沧海一粟而已。庄子说："吾生也有涯而知无涯，以有涯穷无涯，殆也。"说的就是这个道理。

一代人有一代人的局限。以思想上的极端清晰和完整著称的俄国哲学家卡尔·波普尔这样说过："伟大的人物，常常意味着伟大的错误。"所以，在求索过程中，对于既有的知识，不能一味地迷信，人类智慧只有在不断磨合和交流中才能够得到提升。真心探究宇宙人生奥秘的人，不会有丁点儿征服他人、压倒他人的欲望，他们的追求就是他们的快乐，归根到底是为着挑战自我与人类智慧的极限，较之官场中运用权力的快乐是截然不同的。具有大智慧的人或许有前不见古人、后不见来者的苍凉和孤独，但决无低俗的彷徨与无助。古希腊哲学家柏拉图，之所以成了希腊思想史上第一位系统而完整地思考人类精神的思想家，就是因为他是一个执着求索而不迷信先贤的人。他说过："吾爱吾师，吾更爱真理。"

在当代，史蒂芬·霍金所著的《站在巨人的肩膀上》，为人们认识宇宙提供了极大的方便，他本身就是一个站在巨人肩头认识宇宙奥秘的伟大科学家。他在该书中娓娓道来，讲述了哥白尼、伽利略、开普勒、牛顿和爱因斯坦等科学巨人，是如何在前人发现的基础上，建立起了自己的科学王国，从而全方位展示出他们人生经历中人性和科学的一面的。在此基础上，史蒂芬·霍金以严谨的科学态度和无与伦比的想象力，创立了一套自己的理论，写就了一部新的时间简史，拓出了科学史上一片全新的天地。

面对无穷无尽的宇宙人生奥秘，古今中外有多少聪慧绝伦的智者，前赴后继不懈地寻求，不懈地探索，才营造出今天的智慧大厦。怪不得伟大的科学家牛顿说：“我只不过是一个大海边拾贝壳的孩子，之所以比别人看得更远，是因为站在巨人的肩膀上。”

歌德也曾发出过这样的感叹：“我们说的一切古人早就说过了。”事实正是这样，人类每前进一步，都只是后人在前人提出设疑的基础上，找到了合理的解释或落实的办法而已。